Paolo D'Ulisse

# L'amante del Pittore

Youcanprint *Self-Publishin*

A Margherita dolce creatura e meraviglioso essere
che il destino ha deciso di farmi incontrare come
suo padre, per crescere insieme elevandoci oltre
la dimensione della materialità.

# PREFAZIONE

Claude, pittore francese, vive a Parigi. La sua vita viaggia su due binari: il pittore che espone a Montmartre e il padre di Nicole, una bambina che sta cercando di superare la fine del matrimonio dei suoi genitori, piccola, fragile e insicura, che ha paura di essere abbandonata dalle persone più importanti della sua vita, mamma e papà. Claude, dopo anni di psicoanalisi, ha imparato a capire ogni suo stato d'animo e sa leggere nell'anima delle persone, cerca di far vivere alla piccola Nicole un'infanzia serena, rassicurandola anche nei periodi in cui dovranno stare lontani. Un viaggio di lavoro separerà padre e figlia, Claude infatti parte per Roma dove esporrà le sue opere. Mario, un gallerista italiano, lo invita a esibire i suoi dipinti nella capitale italiana, l'artista parigino accetta, non potendo di certo immaginare che nella città eterna avrebbe fatto la conoscenza di una donna che lo avrebbe spinto al di là della conoscenza di sé. Laura, una donna affascinante dai capelli rossi, difficile da leggere e capire, ma proprio per questo intrigante, riesce ad ammaliare Claude, ma la donna nasconde dentro di sé alcuni problemi, che volente o nolente dovrà affrontare. La passione tra i due è travolgente ma la relazione si rivelerà malata, tutti i fattori presentano quello che la psicologia chiama sindrome di dipendenza affettiva, in cui la persona che ne soffre cerca di colmare il vuoto intrapsichico e la bassa autostima. Questo disturbo è connesso a un deficit nella capacità di gestire e modulare le emozioni e nella capacità di stabilire vincoli affettivi significativi con altre persone a causa di un sottostante modello dell'attaccamento insicuro. Presenta vari sintomi, che vanno dall'ansia alla depressione reattiva. Nelle relazioni amorose le persone con dipendenza affettiva manifestano nei confronti del partner un attaccamento di tipo ansioso, caratterizzato da una continua e pervasiva necessità di sapere di essere amate dal loro partner e dall'esigenza di costanti conferme. È difficile dirsi addio, ma per il bene di tutti è la cosa migliore da fare.
Claude parla in prima persona della sua storia, della sua vita passata, presente e futura. L'amante del pittore è un romanzo psicologico, per certi versi rimanda ai tempi dei pittori bohémiens, con il loro particolare stile di vita non convenzionale, vite frugali, selvagge, folli, appassionate, perennemente al limite della povertà, ma illuminate dal

fuoco dell'arte e delle false speranze di liberarsi dalle costruzioni della società.

Il romanzo narra di come la nostra psiche sia soggetta a repentini cambiamenti, avvalendosi della storia fra il pittore e la donna dai capelli rossi e di tutti i personaggi che gravitano intorno ai protagonisti, affrontando problematiche intrapsichiche, spesso comuni in ognuno di noi, dalla crisi dell'abbandono alla dipendenza affettiva. Tutti questi fattori vengono affrontati con un linguaggio semplice, il romanzo è intrigante e travolgente, ma è anche una manifestazione di verità che accomuna tutti noi nelle relazioni che fanno parte della nostra vita. L'amante del pittore non è solo la storia di un artista francese e i suoi incontri, ma è un viaggio, un modo di entrare in sintonia con l'opera stessa, sentirla e perché no magari cogliere l'occasione per guardarsi dentro e riuscire ad analizzare tutto ciò che circonda la nostra vita.


Alessia Melzer

# PARTENZA

Stava accuratamente imballando i quadri da inviare alla mostra cui aveva deciso, sei mesi prima, di partecipare. Voleva che le sue opere potessero conoscersi anche all'estero.
Lui era francese, era nato a Parigi cinquant'anni prima e non aveva mai mostrato un proprio quadro al di fuori di quella città.
Era una mostra cui avrebbero aderito altri pittori, si sarebbe svolta nella città più bella del mondo: Roma.
Partecipò perché in quel momento della vita cercava conferme al suo essere persona e individuo. I quadri che aveva scelto di esporre erano per lui i più belli e i più significativi del suo modo di dipingere e della sua personalità triste e malinconica.
Il suo nome era Claude, sì come quel Claude Monet grande pittore impressionista dell'Ottocento, ma con quella celebrità aveva in comune solo il nome, per il resto, cercava di imitarlo, ma senza i risultati sperati.
A lui in realtà non interessava poi molto e così non si considerava né un grande pittore, né tantomeno famoso, ma si sentiva, invece, un pittore vero.
Un pittore vero, diceva ai suoi amici, è tale quando sente nel suo animo e nel cuore un urgente bisogno di dipingere, questo immenso desiderio deve essere appagato subito, non si può attendere, lui deve creare, riempire immediatamente quel vuoto bianco e indefinito di fronte a lui.
Non si nasce pittore vero, non importa essere dotato di specifiche capacità ed essere particolarmente talentuoso, si deve aver vissuto emozioni speciali nella propria infanzia, per poterlo essere. Lui non sapeva quali fossero queste emozioni particolari e come potevano aver dato origine a un individuo con le caratteristiche di un pittore vero.
Finì di sistemare tutti i quadri e chiamò un corriere per la spedizione a Roma. Erano preziosi, erano parte di lui, erano il suo cuore, le sue mani, i suoi polmoni, era il modo di mostrarsi al mondo, in maniera completa, profonda e inconsapevole.
Rappresentavano lo strumento di scambio emotivo con gli altri e se gli altri non consideravano e comprendevano le sue opere, il suo bisogno di dipingere, non era completamente soddisfatto.
Il corriere arrivò puntuale all'appuntamento, la galleria si trovava nel centro di quella antica città, si separò con

dispiacere dai quadri, avrebbe voluto portarli con sé, ma sapeva che li avrebbe ritrovati molto presto.

Claude aveva una bambina di sette anni, di nome Nicole, non l'aveva mai lasciata per più di una settimana.

Era questo il motivo principale per cui non si era mai recato all'estero a esporre le proprie opere, si era limitato ai mercati di strada di Montmartre. E proprio in quel posto incontrò casualmente il gallerista. Era italiano e si chiamava Mario. Lui lo invitò a esporre a Roma, Claude però, prima di decidere, volle delle rassicurazioni e così durante quel primo incontro gli chiese:

"Pensa che i miei quadri possano essere apprezzati dai suoi clienti?".

Il gallerista senza manifestare alcun dubbio e con un atteggiamento di ammirazione rispose:

"Le sue opere saranno considerate e apprezzate dalla mia clientela, non si preoccupi, glielo garantisco personalmente, anzi le dirò di più, lei potrà esporre gratuitamente, mi corrisponderà solo una percentuale sulla somma incassata dei quadri venduti".

Claude si convinse e accettò il suo invito, d'altronde nella strada in cui esponeva, di pittori ce ne erano molti altri, ma furono i suoi quadri quelli che piacquero al gallerista.

Il giorno della partenza era quasi giunto, decise di partire con il treno, era il mezzo di trasporto più economico. Non poteva spendere eccessivamente, le spese che doveva sostenere a Roma sarebbero state molte: i pranzi, le cene, una stanza in affitto, ecc.

Prima di partire avrebbe dovuto sconfiggere i sensi di colpa che provava nei confronti della propria bambina. Non l'avrebbe voluta lasciare, ma ormai la decisione era stata presa.

Stettero insieme tutto il giorno, giocarono, videro un film allegro e divertente al cinema, mangiarono fuori Parigi. La riportò a casa della mamma che non era ancora ora di cena.

Il momento di separarsi era però arrivato, i grandi occhi blu di Nicole si stavano riempiendo di gocce di pianto, Claude l'abbracciò stretta, baciandola intensamente sulla fronte, lei lo guardò intimidita, tradita e gli disse con tanta paura:

"Papà perché vai a Roma, perché mi lasci? Sono stata cattiva?".

Claude rispose quasi piangendo, con un filo di voce: "No amore, sei una bambina meravigliosa, unica e dolcissima".

Non poteva spiegarle il senso di quella separazione temporanea, poteva solo abbracciarla e farle sentire il

calore di un padre infinitamente innamorato della propria figlia e così fece.
Nicole si tranquillizzò, però, per quella sua sofferenza avrebbe voluto qualcosa in cambio:
"Che regalo mi porti da Roma quando ritorni? Ritorni vero papà?".
Claude annuì, era felice che la propria bambina avesse superato quegli attimi di terrore:
"Ti porto tutto quello che vuoi e ritornerò sempre da te".
In realtà, tante volte non era ritornato, tante volte era andato via da lei e dalla madre, si era separato con tanto dolore, era riuscito a ritrovarsi con fatica, però si sentiva tanto in colpa verso sua figlia, per non poterle stare vicino come dovrebbe fare un padre amorevole e responsabile.
Nicole aveva vissuto drammaticamente la separazione dei suoi genitori, aveva percepito sentimenti di abbandono nei confronti del padre e stava con difficoltà superando il suo distacco.
La portò a casa dalla madre, l'angoscia, anche se attenuata, continuava a inondare il suo cuore. Si sbrigò a salutarla, aveva un urgente bisogno di piangere, non poteva farlo davanti alla sua bambina.
Uscito dal portone, poté liberare tutta la sua energia, pianse e stette meglio.
Il treno sarebbe partito dopo poche ore, Claude avrebbe dovuto recarsi al suo appartamento per prendere la valigia, il taxi che aveva già prenotato l'avrebbe atteso al cancello di entrata.
L'aspettava un lungo viaggio, sarebbe arrivato a Roma all'ora di pranzo del giorno successivo, avrebbe avuto molto tempo per pensare a quella sua nuova avventura.
Arrivò in stazione dieci minuti prima della partenza, prese posto nella sua cabina, l'avrebbe divisa con un altro passeggero.
Sistemò la sua valigia, tirò fuori il pigiama, sentì bussare alla porta, era l'altro viaggiatore:
"Buona sera, si può?"
"Prego si accomodi, anche lei è diretto a Roma?".
Il viaggiatore, con una espressione di felicità e di contentezza ma anche di impazienza per dover affrontare le tante ore di viaggio che lo separavano dalla meta, si sbrigò nel rispondere, come se potesse così diminuire la durata:
"Anch'io sono diretto a Roma, mi aspettano le mie nipotine romane, sono sei mesi che non le vedo e mi mancano da morire".

Claude provò un forte subbuglio, gli ritornarono in mente i momenti vissuti poche ore prima con Nicole:
"È bello ritrovare le persone che si amano intensamente."
"Sì, è meraviglioso, penso spesso a loro, a volte con nostalgia e molto rammarico, per non poter condividere tutti gli attimi di crescita della loro vita, che rimarranno unici e irripetibili".
Smisero di parlare, volevano entrambi far cessare quella loro conversazione, che stava, per motivi diversi, diventando fonte di dispiacere.
Si infilarono sotto le coperte, il treno era partito da quindici minuti, avrebbero voluto dormire il più possibile, per ritrovarsi al risveglio, giunti quasi a Roma.
Non riuscirono invece a prendere sonno, non avevano mai dormito insieme su quei materassi per loro sconosciuti. Evitavano di rigirarsi nel letto per non disturbarsi a vicenda.
Sentimenti di irrequietezza e di turbamento non permettevano loro di piegare l'insonnia, ma continuare a torturarsi non avrebbe avuto alcuna utilità; entrambi avrebbero voluto alzarsi e riprendere il dialogo inconsciamente interrotto in precedenza.
Nessuno di loro poteva però sapere se l'altro lo volesse; cercavano perciò di cogliere nel comportamento del vicino un elemento o un indizio che potesse far intuire l'esistenza dello stesso desiderio.
Claude si fece coraggio e con voce fievole, gli pose una domanda di cui sapeva già l'ovvia risposta:
"Non riesce neanche lei a dormire?"
"No, mi manca la familiarità con il nuovo letto. E lei?" domandò l'altro viaggiatore.
Sperava che il suo compagno di viaggio gli facesse quella domanda, aveva un forte bisogno di confidarsi con qualcuno, doveva parlare di sé e di quello che stava facendo:
"Io… cosa?"
"Lei, perché non riesce a prendere sonno? Soffre di insonnia?"
"No assolutamente, è che provo un forte senso di confusione e di irrequietezza. Io sono un pittore e mi sto recando a Roma per esporre, per la prima, volta i miei quadri in una importante galleria del centro di quella città."
"E allora?" rispose il viaggiatore.
Questa battuta così semplice, quanto banale aveva ancor di più disorientato il pittore. Non sapeva darsi una risposta.
Avrebbe dovuto scavare ed esplorare nella sua anima per poter cominciare a trovare una probabile spiegazione del suo stato emotivo.

Rispose comunque, ma con freddezza, a una domanda che aveva percepito ostile:
"Voglio che i miei quadri piacciano, siano ammirati e apprezzati da tutti."
"Sta scherzando? Mi sembra un atteggiamento esageratamente onnipotente, neanche DIO è amato e ammirato da tutti".
Claude si sentiva sempre più incalzato, riusciva ad accettare razionalmente l'utopia della sua affermazione, ma non la condivideva però emotivamente:
"Non si tratta di DIO, si tratta di me!".
Il compagno di viaggio non replicò, non avrebbe avuto senso insistere, Claude non aveva la consapevolezza di molti aspetti ancora inconsci che avrebbe dovuto scoprire per dare un senso alle sue paure e alle sue azioni.
Era quasi mattina, quando si addormentarono; parlarono tutta la notte senza conoscere il nome dell'altro, non sarebbe servito a niente, non si sarebbero mai più incontrati nella loro vita.
Il treno arrivò puntuale alla stazione principale di Roma, anzi addirittura qualche minuto in anticipo, dovette attendere per poterci entrare.
I compagni di viaggio si salutarono e si augurarono reciprocamente tanta fortuna e salute.

# ARRIVO IN GALLERIA

Sceso dal treno, tirò fuori dalla tasca interna del cappotto il biglietto su cui aveva segnato l'indirizzo della galleria, voleva immediatamente recarsi in quel luogo per visionare l'ambiente esterno e interno.
Arrivò nel posto indicato, si trovava un incantevole slargo nei pressi di Piazza Navona, la galleria era chiusa da una porta a vetri, appoggiò la testa e riuscì a intravedere l'interno.
Aveva una forma stretta e lunga con dei soffitti alti come quelli dei palazzi del 1800. Claude già pensava a come poter disporre i propri quadri nello spazio a lui destinato, per renderli visivamente più piacevoli e invitanti.
Mentre faceva quei pensieri, si sentì chiamare, era una voce calorosa ed entusiasta:
"Claude era ora che arrivassi, ti stavamo aspettando con impazienza".
Si girò e riconobbe il gallerista, era sempre più grasso e arrotondato:
"Buongiorno signor Mario, sono appena arrivato, non sono nemmeno passato a casa, sono venuto direttamente da lei".
Il gallerista percepiva l'ansia da prestazione che stava provando il pittore, e il desiderio di rivedere le proprie opere:
"Le apro la porta, così se vuole può cominciare ad appendere i suoi quadri nella parte di muro a lei destinata".
Claude fu felice di questo invito, poteva cominciare a sistemarli, era un'azione da compiere con una certa ritualità, tranquillità e attenzione.
Attaccava, staccava, spostava a destra e poi a sinistra e di nuovo a destra, fino a che le opere andavano a comporre un puzzle perfetto e omogeneo, era soddisfatto della composizione creata, poteva essere un ottimo inizio.
Era l'unico pittore presente, altre persone entravano e uscivano dalla galleria, erano amici e clienti di Mario, che ancor prima dell'inizio della mostra osservavano e a volte compravano le opere esposte.
Nel primo pomeriggio, cominciarono, alla spicciolata, ad arrivare gli altri pittori. Claude guardava con attenzione i loro quadri, faceva un confronto con i suoi, non ce ne erano di superiori, né sotto l'aspetto della tecnica utilizzata e né tantomeno sotto l'aspetto emozionale. Era il suo giudizio personale, che era ovviamente di parte.
Il gallerista presentò il pittore francese, così venne soprannominato, agli altri partecipanti.

Uno di loro diede una sbirciata molto sommaria, senza un vero interessamento, ai quadri esposti e con un atteggiamento di distacco fece il solito commento ipocrita: "Lei è molto bravo, complimenti, ha una pittura originale". Claude quasi imperturbato, rispose con un semplice e banale: "Grazie".
Non gli importava il pensiero e l'opinione di quel quasi sconosciuto, lui aveva già deciso che i suoi quadri erano di un livello superiore e neanche minimamente comparabile con gli altri.
Poté rilassarsi finalmente, uscì dalla galleria, fece una passeggiata e mangiò un panino ripieno di prosciutto, acquistato in uno dei quei vecchi forni rimasti ancora in attività nel centro di Roma.
Rimase affascinato dall'arredamento di quel vecchio negozio, gli ricordava i locali di Montmartre, un senso di nostalgia stava riempiendo il suo cuore, cercò, riuscendoci, di scacciarla quell'emozione di tristezza.
Doveva rientrare in galleria, ma si perse nei vicoli di Roma, dovette chiedere indicazioni per ritrovare la strada.
Era quasi ora di cena, aveva timore che Mario potesse essere andato via, si era ricordato che non gli aveva consegnato l'elenco dei quadri e le relative quotazioni.
Decise con un italiano scolastico di chiamarlo sul suo telefono cellulare:
"Pronto sono Claude"
"Ciao, pittore francese, dove sei?" chiese Mario.
"Sto arrivando, dovresti attendermi, devo lasciare il mio prezzario, eventualmente potremmo anche aggiornarlo se pensi che sia opportuno farlo."
Mario lo attese.
Dopo quindici minuti arrivò, gli altri pittori erano andati via, erano tutti di Roma, potevano tornare alle loro case.
"Claude" chiese Mario, "dammi l'elenco delle tue opere"
"È nella valigia dietro la scrivania, aspetta lo prendo" rispose l'altro.
L'aprì, tirò fuori il foglio di carta e glielo diede.
Mario vide attentamente le quotazioni e le opere cui si riferivano:
"I tuoi prezzi sono troppo bassi rispetto alla bellezza dei quadri, possiamo aumentarli, almeno del cinquanta percento".
Claude pensava che stesse esagerando e se non si fossero riusciti a vendere? Decise di fidarsi del gallerista, anche lui aveva interesse che fossero acquistati.
Aggiornarono gli importi, fecero alcune fotocopie e sistemarono le release che descrivevano la sua vita artistica, in alcuni punti della galleria.

Il giorno successivo si sarebbe potuto inaugurare la mostra. Era previsto un drink e la partecipazione di un famoso critico romano che avrebbe descritto negli aspetti salienti le caratteristiche fondamentali della modalità pittorica dei vari artisti, in riferimento sia alla tecnica pittorica e sia all'aspetto emozionale del contenuto.
Claude era quasi a digiuno dalla mattina, anche Mario data la stazza fisica da sostenere, doveva nutrirsi, così decisero insieme di andare a cena in una trattoria romana, a prezzo fisso e con menù fisso.
La proprietaria era un'anziana signora romana, indossava una gonna lunga e larga con sopra una parannanza bianca e un foulard sul capo. Parlava in un dialetto romano antico, musicale e ritmato, utilizzava termini quasi perduti nell'attuale dialetto, ormai riempito di vocaboli volgari e duri.
Quella donna mostrava gentilezza e saggezza, derivanti dalla sua età avanzata; era piacevole parlare con lei, riusciva a trasmettere allegria e dolcezza.
Mario frequentemente pranzava nel suo locale, apprezzando la sua cucina casareccia, essenziale, semplice, senza particolari elementi estetici.
Furono soddisfatti della cena, in particolare Claude apprezzò quella intensità dei cibi romani, così diversa dall'apparente cucina parigina. Uscirono dal locale, era quasi mezzanotte, si salutarono cordialmente, dandosi appuntamento per il giorno successivo alle ore diciassette in galleria, era il giorno dell'inaugurazione.
Claude chiamò un taxi per farsi portare nell'appartamento preso in affitto, non aveva idea dove fosse ubicato, in dieci minuti arrivò a destinazione, non si trovava particolarmente lontano dalla galleria.
Entrò, accese la luce e diede una vista molto sommaria alla casa, sembrava di suo gradimento, era stanchissimo fisicamente ed emotivamente, desiderava potersi riposare, andò a letto completamente vestito, si tolse solo le scarpe.
Cominciò a ripensare a quella lunga giornata iniziata quarantotto ore prima: dalla partenza da Parigi, all'arrivo in galleria. Il suo stato d'animo era meno tormentato, come se si fosse assopito di colpo senza un particolare ed evidente motivo.
Riuscì ad addormentarsi dolcemente, senza più pensare alla propria vita.
La notte durò un istante, si ritrovò pronto per ricominciare quella nuova giornata, che avrebbe potuto dargli conferme importanti sulle sue capacità pittoriche.

Erano quasi le due del pomeriggio, fece tutte quelle cose
che la sera prima non era riuscito a fare: sistemò i propri
indumenti nell'armadio, fece una doccia fredda e chiamò la
sua bambina. La sentì allegra e felice e interessata a
conoscere tutto quello che capitava al papà.
Claude le raccontò succintamente le poche cose che poteva
dirle, lei era contenta di questo e prima che terminasse la
telefonata gli ricordò la cosa più importante per lei: il
regalo.
Aveva ancora un po' di tempo, prima di doversi recare in
galleria per l'inaugurazione, si mise a conoscere meglio
l'appartamento, aprì cassetti, guardò nel frigorifero, aprì
le finestre, stava prendendo confidenza con questa sua nuova
abitazione.
Senza accorgersene giunse il momento di uscire. Era pronto,
vestito in maniera molto sobria, giacca sportiva, jeans,
camicia bianca e qualcosa di nuovo addosso, per soddisfare
il suo atteggiamento scaramantico. Lo faceva sempre quando
doveva affrontare qualcosa di importante la cui riuscita non
dipendeva esclusivamente da lui e dal suo comportamento.

# L'INAUGURAZIONE

Arrivò in perfetto orario, alcuni pittori erano già presenti, stavano sistemando le ultime cose, in Claude stava salendo un'opprimente tensione, che tentava faticosamente di bloccare, per evitare che si trasformasse in panico.
Entrò in galleria, tutto era in perfetto ordine, era ripulita e accogliente. Le bevande, le pizzette, i panini sistemati sul tavolo, tutto era pronto per il rinfresco.
Gli si fece incontro Mario, in maniera rassicurante gli disse:
"Ben arrivato Claude, sei pronto a intrattenere gli ammiratori dei tuoi quadri?".
Non era mai stato un oratore spigliato e disinvolto e poi non amava parlare per convincere:
"No Mario, provo un notevole imbarazzo nel parlare con gli sconosciuti." rispose.
"E allora prova a parlare di te, dei tuoi quadri e di quello che rappresentano per te".
Sapeva che non l'avrebbe fatto, non doveva dire niente, i suoi quadri avrebbero parlato al suo posto.
La galleria era affollata di visitatori, il pittore francese non ne conosceva nessuno e non era particolarmente loquace.
Stava in disparte e osservava la vita così apparente che si stava svolgendo in quel momento e in quel luogo.
Ogni tanto il gallerista lo chiamava per presentarlo a suoi clienti, quando qualcuno sembrava interessato all'acquisto, Claude non cercava di convincerli, era troppo orgoglioso per farlo.
Arrivò il critico, aveva osservato attentamente i suoi quadri, era preparato. Si avvicinò alle opere di Claude, ne prese una fra le mani, la mostrò agli invitati che intanto si erano stretti intorno a loro due e in maniera pacata cominciò a descriverla:
"Notate una certa uniformità della luce in tutte le parti del quadro, non ci sono contrapposizioni, le tonalità sono molte equilibrate. Questa modalità pittorica permette di esprimere al pittore un senso emozionale di forte malinconia e…"
Il critico dovette interrompere, una delle presenti intervenne, pronunciando la parola "Spleen".
Claude conosceva il significato, era un termine francese che esprimeva malinconia, era stato utilizzato in letteratura nel periodo del Decadentismo francese da Charles Baudelaire. Non sapeva però chi fosse quella donna con i capelli rossi e

ricci, che con il suo atteggiamento aveva voluto attirare l'attenzione su di sé.
Claude era rimasto incuriosito da quella persona, in un momento di calma si avvicinò a Mario e gli fece l'ovvia domanda:
"Conosci il nome della donna che è intervenuta?".
Mario lo sapeva, era la moglie di uno dei pittori che partecipava alla collettiva:
"Sì, il suo nome è Laura".
Il pittore francese non pensò più a quella signora dai capelli rossi. Lui e il gallerista cercarono di chiudere il maggior numero di vendite. Il giorno dell'inaugurazione è quello più importante, perché è quello in cui c'è la più alta affluenza di persone.
I suoi quadri erano stati apprezzati, tutte le sue paure si erano dissolte, era riuscito a trasferire e a comunicare a tutti coloro che avevano veduto e acquistato un suo quadro le proprie emozioni, il suo dolore, il suo amore, se stesso.
Era stata una giornata intensa, si sentiva svuotato emotivamente, cercava disperatamente un momento per potersi rilassare, fumare una sigaretta e chiudere gli occhi.
Gli invitati cominciavano a lasciare la galleria, erano rimasti solo alcuni pittori, qualche amico e qualche parente degli stessi artisti.
Si cominciava a fare il resoconto della giornata, Claude era soddisfatto e felice di come fosse andata, era riuscito a ottenere anche una commessa, bisognava ancora fissare tutte le condizioni che si sarebbero dovute definire prima della chiusura della mostra e della sua partenza.
Laura non era ancora andata via, gli lanciava ogni qual volta si incrociavano sguardi veloci, ma intensi e profondi, senza preoccuparsi della presenza del marito. Non parlarono, lasciarono tutto in sospeso.
Claude decise di andare via, salutò Mario, lui il giorno seguente non sarebbe andato in galleria, lo avrebbe sostituito un suo amico.
Claude voleva fare una passeggiata, Roma di notte era affascinante, così si accese una sigaretta e si incamminò, voleva stare solo con se stesso, aveva bisogno di soddisfare quel senso di solitudine che provava e che amava sentire.
Non ricordava perfettamente la strada, ma non aveva fretta di arrivare al suo appartamento, avrebbe voluto chiamare Nicole per parlarle della sua giornata e sentire da lei della sua, ma era tardissimo, così si limitò a pensarla teneramente.
Giunse a casa, dopo un'ora di tragitto, non aveva ancora sonno, la tensione del giorno non si era ancora placata. Si

mise a vedere la televisione e riuscì, fortunatamente, ad addormentarsi sul divano. Dormì tutta la notte, senza svegliarsi mai.
Era quasi ora di pranzo quando aprì gli occhi, aveva sognato sicuramente, anzi aveva avuto degli incubi angoscianti. Non ricordava cosa, però non erano stati piacevoli, dentro di lui permaneva uno stato di panico e paura.
Erano sentimenti conosciuti da Claude, cominciò a provare quelle sensazioni di fine e di morte, provati dopo la separazione dalla sua compagna, circa un anno fa. Si era spaventato allora, non aveva mai provato una simile sensazione o almeno non ricordava di averla provata.
Così istintivamente, si rannicchiò, avvicinò le ginocchia al petto e si abbracciò stretto, emettendo gemiti brevi e acuti, come quando si provano forti brividi di freddo.
Riuscì a scaricare la sua tensione e avvertì sensazioni di svuotamento e stanchezza. Stette meglio e poté ricominciare a non avere paura.
Andò in bagno, si guardò allo specchio, aveva un viso spento e affaticato, sentì il suo cellulare squillare, era giunto un messaggio. C'era scritto: "Vai in galleria questo pomeriggio, ho delle colleghe cui potrebbero piacere i tuoi quadri, vorrebbero venire a vederli. Laura".
Claude rimase alquanto interdetto di quel messaggio. Pensò sul momento a chi fosse la Laura che glielo aveva inviato; gli venne in mente una sua amica di Parigi, ma non poteva essere lei, il suo nome l'aveva in rubrica, quindi sarebbe apparso sul display del telefono, invece apparve solo il numero del soggetto che l'aveva spedito.
Rimase alcuni minuti ancora a pensare e come per incanto, gli venne in mente la donna dai capelli rossi vista in galleria; si chiamava Laura anche lei, ma non aveva il suo numero di cellulare.
Smise di scervellarsi, avrebbe risolto l'enigma fra poche ore.
Prese il cellulare, le inviò un sms: "Vengo verso le sei, Claude".
Poteva rilassarsi ancora un po', e poteva chiamare Nicole, fece il numero, lei rispose subito:
"Ciao papà, come stai? Ieri perché non mi hai chiamata?".
Claude sapeva che gliel'avrebbe fatto notare.
"Io sto bene tesoro. Sono stato molto impegnato, era il giorno dell'inaugurazione, non potevo chiamarti, però ti ho pensata."
"Va bene papà; è bella Roma?"
"Sì tesoro è una bellissima città, ricca di monumenti e di tanto sole, amore."

Claude le avrebbe dovuto dire che nei prossimi giorni non avrebbe potuto chiamarla. Riuscì nel suo intento.
Nicole capì, si mandarono un grande bacio e la telefonata finì.
Era presto per uscire, sarebbe arrivato molto prima dell'apertura della galleria. Uscì lo stesso, avrebbe fatto per poche ore il turista.
Ammirò la potenza del Colosseo, la spiritualità di San Pietro e il fascino di Piazza di Spagna, fu un giro esteso, molto piacevole e soprattutto distensivo.
Poco dopo le sei, giunse in galleria, c'erano molti pittori e c'era anche Laura. Si avvicinò subito a Claude, voleva conoscerlo, parlare con lui:
"Grazie di essere venuto" gli disse Laura.
"Sarei comunque venuto. Mi togli però un dubbio che mi assilla da un po', il mio numero del cellulare dove l'hai scovato? L'hai chiesto a Mario?"
"No, molto più semplice, si può trovare nella tua release" rispose sorridendo Laura.
Era vero, se ne era dimenticato.
Passarono molte ore insieme, Laura rideva felice con Claude, aveva voglia di provare forti emozioni, ma soprattutto vere e profonde.
In poche ore si creò un'intensa intimità fra loro, inconciliabile con il comportamento di una donna innamorata del proprio marito.
Lei gli permetteva di essere immediato e diretto e così Claude cominciò a farle domande molto personali e riservate, a cui la donna non si sottraeva nel rispondere, ma quando a bruciapelo le chiese:
"Laura ami tuo marito?"
Rimase bloccata, immobile, senza voce. Sapeva che se avesse risposto positivamente la loro conoscenza si sarebbe arrestata a quel livello; lei non avrebbe voluto, non amava suo marito, ma non poteva però lasciarlo, non aveva il coraggio di stare sola.
"No, non l'amo, e tu chi ami?"chiese lei.
"Non amo nessuna, sono separato da due anni e ho una bambina di sette, che mi manca molto. Non so se ancora potrò riamare qualcuna, non so se esiste l'amore.
Esistono malati che credono di amarsi e stanno insieme per guarire le loro ansie, i loro tormenti, le loro nevrosi".
Laura sperava che fosse proprio quella la risposta, le avrebbe impedito di provare sensazioni dolorose e soprattutto dover affrontare un aspetto inconscio che non voleva far affiorare alla realtà.

Era quasi mezzanotte, la galleria stava chiudendo, quel giorno un solo quadro fu venduto, non aveva alcuna rilevanza per il pittore francese.

Stettero fuori a parlare, Claude ricevette una telefonata sul suo cellulare, si allontanò da Laura, non voleva farle sentire ciò che diceva al suo interlocutore, lei non gli toglieva gli occhi di dosso, avrebbe voluto sapere chi fosse quella persona che lo chiamava in piena notte.

Cercava di capirlo dagli atteggiamenti esteriori di Claude, pensava fosse una donna, una sua amica o qualcos'altro.

Si avvicinarono di nuovo, lei cambiò atteggiamento, non era più espansiva e loquace, ma divenne fredda e quasi astiosa:

"Chi era? Mi avevi detto che non avevi nessuna, io non sono una ruba uomini".

Claude fu colto di sorpresa, non c'era alcun motivo realistico che potesse far pensare a una donna innamorata dall'altra parte del telefono, non poté proprio capire il senso di quelle affermazioni, però non sopportava non essere creduto, perché di fondo era una persona onesta e sincera, anche a costo di subirne le più estreme conseguenze.

Rispose, anche se infastidito, alla sua domanda:

"Era un mio carissimo amico, non ho amanti, compagne e fidanzate che mi aspettano né a Parigi né in nessun'altra parte del mondo".

Lei si tranquillizzò e ritornò a essere aperta ed esuberante.

Era molto tardi, suo marito l'avrebbe aspettata a casa sveglio, ma era tranquillo, Laura gli aveva detto che era andata a cena con le sue colleghe.

Andarono insieme a una fermata di taxi, avrebbero voluto entrambi vedersi il giorno seguente. Prima che lei salisse, lui le fece una proposta indecente:

"Ho voglia di vederti domani, ci incontriamo alle dieci a Piazza San Pietro?".

Laura attese qualche secondo prima di rispondere, non voleva apparire troppo disponibile, invece non pensò troppo e si lasciò andare.

"Va bene a Piazza San Pietro alle dieci, ma perché proprio in quel posto?"

"È uno dei pochi luoghi che conosco di Roma."

Quella lunga serata finì in quel momento, lei prese il taxi e andò via, aveva sentito che Claude il giorno seguente non sarebbe andato in galleria, quindi non l'avrebbe potuto rivedere se non si fossero visti la mattina successiva a quell'incontro segreto.

Lui, come aveva fatto la notte precedente, fece una lunga passeggiata per ritornare, ripensò alla lunga conversazione

avuta con la donna dai capelli rossi e ai sentimenti di eccitazione che lei gli aveva provocato.
Era una donna fortemente seducente e Claude sentiva che lei avrebbe accettato le sue avance, i suoi abbracci e i suoi baci.
In realtà era ciò che avrebbe desiderato e sperato, arrivò a casa dopo circa mezzora di camminata.
Era rilassato e non eccessivamente stanco per non addormentarsi, andò a coricarsi nel proprio letto, facendo le cose che si fanno di solito prima di raggiungere quello stato di pace.
Sarebbe stata finalmente una notte tranquilla, diversa da quelle vissute nei due giorni precedenti; poco prima di prendere sonno pensò a cosa indossare il giorno dopo.
Fu l'ultimo pensiero della giornata. Si addormentò in armonia con se stesso e così si sarebbe risvegliato il mattino seguente.

# L'APPUNTAMENTO

Si alzò felice quella mattina, era particolarmente attivo e pronto ad affrontare quella giornata che si prevedeva intensa ed eccitante.
Curò particolarmente il suo aspetto fisico, si fece la barba, una doccia tiepida, profumo in abbondanza.
Si vestì sportivo, ma aggiunse un tocco di eleganza e creatività, inserendo un ascot sotto la camicia turchese.
Era quasi pronto per uscire, si guardò un'ultima volta allo specchio, si mise il cappotto e andò.
Aveva tempo per poter fare colazione al bar, si gustò il solito cappuccino e cornetto, scambiò due chiacchiere con il barista e fumò la sua sigaretta seduto al tavolino, sotto un sole che stava lentamente riscaldando l'aria fredda del mattino.
Decise di prendere la metro, per recarsi all'incontro, in dieci minuti raggiunse il posto stabilito, come al solito arrivava sempre prima agli appuntamenti.
Era molto emozionato, pensava a cosa dovesse dirle quando l'avrebbe vista.
Laura non si sarebbe recata a scuola quel giorno, lei era un insegnante d'italiano.
Uscì come tutti gli altri giorni alla stessa ora, non disse niente, per tutti sarebbe andata normalmente a istruire i propri alunni.
Il marito aveva il turno di pomeriggio, Laura avrebbe avuto a disposizione tutta la giornata per stare con il pittore francese.
Era ansiosa di vederlo, era disposta a fare tutto con lui, Claude non poteva sapere cosa lui rappresentasse per lei. Il suo significato non dipendeva da cosa lui avesse provocato o detto ma solo dal fatto che impersonava un soggetto della storia della vita di Laura che il caso gli aveva attribuito di interpretare.
Arrivò in anticipo anche lei, si videro da lontano, procedettero velocemente l'uno verso l'altra, si baciarono sulle guance sfiorandosi le labbra.
Erano molto imbarazzati, cercavano di riprendere l'intimità della sera prima, camminavano vicini, Claude a volte la abbracciava, altre la baciava.
Lui voleva sapere della sua vita, della sua infanzia, del suo matrimonio, non riusciva a capire la sua voglia di stare con lui.
Laura aveva dovuto sopportare un'infanzia difficile, con un padre violento, dittatore, a volte cattivo, che non l'aveva

amata, e non era stato amato da lei, così lo percepiva e si percepiva. Non era riuscita a instaurare una relazione sana e positiva con lui. La relazione con il proprio padre era stata individuata e definita, almeno così sembrava, pochissimi erano gli aspetti rimasti sommersi nella profondità del suo inconscio.
Claude era incuriosito e avrebbe voluto sapere compiutamente il ruolo della madre nel rapporto con suo padre in relazione a lei.
Laura non parlò spontaneamente di sua mamma, Claude non riuscì a trattenersi, pensò che potesse essere doloroso, ma lo chiese comunque:
"E con tua madre?"
"Mia madre era una donna che…"
"Era?". Lui la interruppe.
"Sì, è morta un po' di anni fa; era una donna molto sensibile, tranquilla che amava l'arte, scriveva poesie e faceva teatro nel suo paese."
Claude si ricordò che anche Laura scriveva poesie, lo aveva detto il giorno dell'inaugurazione al gallerista.
"Anche tu crei poesie?"
"Sì, è una passione che mi ha trasmesso mia madre, le sue poesie erano intense, profonde e...".
Avvertì che Laura stava inconsciamente confrontandosi con lei:
"Perché le tue non lo sono?" le chiese Claude.
La donna non rispose, involontariamente fece un cenno di negazione con il capo.
 Il pittore francese aspettava che Laura riprendesse a descrivere la sua vita, lei era titubante, allora esplicitamente, Claude le chiese:
"I tuoi genitori si amavano?".
In maniera sicura e convinta, Laura rispose:
"Mia madre non poteva amare una persona come mio padre, accettava passivamente ogni suo atteggiamento violento, subiva in silenzio".
Claude vide un forte senso di sofferenza sul volto di lei, l'abbracciò e stettero in silenzio.
Continuarono la loro passeggiata, senza dirsi una parola, faceva molto freddo quel giorno, decisero di entrare in una sala da the, potevano riscaldarsi e parlare in un ambiente piacevole.
Si sedettero l'uno di fronte all'altra, potevano guardarsi negli occhi, risero, scherzarono; sentivano entrambi una forza interiore che spingeva per uscire fuori e indirizzarsi verso l'altro.

Claude desiderava baciarla, le prese le mani e le accarezzò le guance; si alzò leggermente dalla sua sedia per avvicinare il proprio viso al suo, attese qualche istante, la guardò fissa negli occhi. Non avrebbe potuto aspettare oltre, le loro labbra si toccarono leggermente e finalmente si baciarono.
Tirò indietro la testa, si guardarono e si avvicinarono nuovamente. Questo fu intenso e profondo, stavano in completa estasi emotiva, bevevano il loro the, non avevano consapevolezza di ciò che facevano, si baciavano ancora con ardore e tenerezza, non badavano alle altre persone che stavano nel locale, era come se nulla esistesse al di fuori loro.
Quel momento magico fu interrotto dal cameriere che portò loro il conto da pagare, Claude pagò, non facendo caso a quanto era indicato sullo scontrino.
Uscirono avvolti da un senso di leggerezza e abbracciati stretti, giravano senza sapere dove andare, vogliosi di ritornare a mischiarsi.
Stava crescendo dentro di loro un intimo desiderio di far l'amore, ma non avevano il coraggio di confidarselo. Laura non aveva mai provato, prima di allora, una così forte voglia di farsi amare e possedere. Non la spaventava, anzi l'eccitava e non si preoccupava di quello che sarebbe potuto succederle quando Claude sarebbe rientrato a Parigi. Voleva vivere le sue emozioni senza capirle e razionalizzarle.
In quel loro girovagare, trovarono un ristorante, entrarono, scelsero un tavolo posizionato in un posto appartato, non mangiarono con gusto, parlarono di cose futili e banali. Era un modo per far trascorrere il tempo, per far allontanare il momento in cui avrebbero dovuto rivelarsi reciprocamente.
Claude ardeva di passione, avrebbe voluto invitarla nella sua piccola casa, ma l'angoscia di sentire il rifiuto da parte di lei era immensa.
Fece un giro di parole, non formulò in maniera diretta la sua domanda:
"Laura, oggi pomeriggio non vado in galleria."
"Lo sapevo" rispose lei.
Claude rimase sorpreso.
"Io non ti ho detto niente…"
"Ho ascoltato la tua conversazione con Mario" replicò Laura.
Claude mantenne la stessa condotta ambigua e vaga, cercava di cogliere in lei un qualsiasi indizio che lo rassicurasse sul fatto che lei potesse accettare il suo invito:
"È ora di andare, ti accompagno alla metro, così puoi rientrare a casa in orario e non destare sospe…"
"No!" disse Laura, in maniera risoluta.

Sentì, quello che avrebbe voluto sentirsi dire, le sue paure
svanirono, le disse semplicemente:
"Andiamo!".
Si diedero la mano, tennero un passo veloce fino alla
fermata della metropolitana, l'aspettarono pochi minuti,
quanti ne impiegarono per arrivare alla stazione di uscita.
Arrivarono al portone di ingresso del palazzo, salirono
frettolosamente le scale.
Entrarono in casa, non tennero alcuna condotta preliminare,
iniziarono a baciarsi tumultuosamente, prima sul divano e
poi sul letto, non si svestirono completamente, non serviva.
Claude entrò delicatamente dentro di lei, uniti si
spogliarono e ricominciarono con fervore ad amarsi.
Laura godeva con tutta se stessa, avvertiva le alternanze e
le cadenze dell'azione di lui.
Uno specchio grande stava di fronte a loro:
"Sei meravigliosa, guardati sei stupenda quando sei
eccitata".
Lui amava farlo davanti allo specchio, vederla mentre
ripiegava la testa indietro con gli occhi socchiusi e
dimenarsi eccitata di passione, sentire i gemiti di lei
accrescersi di intensità all'aumentare del ritmo del suo
movimento. Gli provocavano un irrefrenabile impulso a
insinuarsi ancor di più, in lei.
Claude sentiva quell'irrefrenabile e autentica
partecipazione di lei, finalmente percepiva di impersonare
un ruolo attivo e non di semplice oggetto costretto sempre
ad aspettare un qualcosa che non arrivava mai.
Non aspettava niente per lui, voleva che lei fosse appagata,
contenta, emozionata. Laura reagiva e si corrispondevano,
fondendosi, in un amplesso infinito.
Senza accorgersene le diceva:
"Sei ancora più bella quando godi, non smettere mai".
Lei non smise e replicò in maniera concitata:
"Amami ancora… continua, continua!"
"Non finirò mai, te lo prometto."
Si giravano nel letto, baciandosi reciprocamente in ogni
parte dei loro caldi corpi. Claude tirò fuori tutto se
stesso, andò sempre più veloce, lei urlò, anzi urlarono e
tutto si placò, dolcemente.
In quello stato di pace, si baciarono toccandosi leggermente
le labbra, erano stanchi fisicamente ed emotivamente, Claude
stava sopra di lei, le accarezzava le spalle e le
massaggiava il collo.
In quel momento non esisteva niente al di fuori di loro due,
gli altri erano assenti nella loro vita. Fecero prima

l'amore, poi fecero sesso e poi ancora l'amore, erano due amanti emozionati.
Laura era felice, gioiosa, sarebbe rimasta con lui tutta la notte, non aveva sensi di colpa nei confronti del marito, sembrava che questi non esistesse, che non fosse mai esistito.
Non parlarono di lui, erano pervasi dalla magia e dall'incanto di tutte le emozioni che avevano vissuto in quella giornata.
Era giunta la fine di quel giorno, almeno quello vissuto insieme. Si prepararono e andarono, erano stati così felici ed erano così pieni di loro, che non sentirono la mancanza dopo la separazione.
Non sapevano quando si sarebbero potuti rivedere, ma il ricordo di quella giornata sarebbe rimasto nei loro cuori per molto tempo.

# LA COMMESSA

Quel giorno dovette recarsi in galleria, non poteva non andare, avrebbe dovuto seguire personalmente i visitatori che sarebbero entrati a dare un'occhiata ai suoi quadri.
Il giorno precedente non fu ceduto alcun quadro, il gallerista voleva che lui venisse in sala, la presenza del pittore avrebbe facilitato la vendita delle opere.
Arrivò in tarda mattinata, il suo pensiero andava alle emozioni vissute con Laura, fuori dalla galleria c'era Mario ad attenderlo, il gallerista notò un atteggiamento disteso e calmo:
"Hai un aspetto molto rilassato, ieri sei riuscito finalmente a riposarti!".
Claude era tranquillo, si trovava in uno stato di leggerezza e di pace:
"Sì ho oziato per tutta la giornata".
Mentre raccontava questa indispensabile bugia, gli venne un bisogno urgente di sentire Laura. Cercò il momento opportuno, uscì e velocemente le scrisse un messaggio:
"È stato bellissimo e mi manchi da morire".
Non dovette attendere molto per la sua risposta:
"Anche per me, voglio vederti il prima possibile".
Anche Claude avrebbe voluto vederla, ma non sapeva quando.
Sarebbe dovuto non andare in galleria e lei avrebbe dovuto escogitare stratagemmi verosimili per non fare insospettire il marito.
Non pensò a Laura per diverse ore, vennero molti clienti a vedere i suoi quadri, il gallerista lo coinvolgeva spesso, invitandolo a commentare le proprie opere, lui ricorreva e utilizzava meccanismi simbolici e psicologici per spiegarne il senso profondo e nascosto.
Claude era stranamente eloquente, intratteneva una conversazione brillante con i probabili acquirenti, basata sui contenuti e non su aspetti formali e apparenti, sembrava contento di parlare di se stesso.
Mario si meravigliò di questo cambiamento radicale, rispetto al giorno dell'inaugurazione, allora sembrava un orso solitario e indispettito che evitava qualunque contatto personale con il pubblico della galleria.
Era passata di molto l'ora per consumare il pranzo, ma decisero ugualmente di recarsi al ristorante in cui avevano cenato il giorno in cui era arrivato a Roma.
Sembrava che fossero passate settimane, in realtà erano trascorsi solo quattro giorni.

L'accoglienza della proprietaria era sempre cordiale, riusciva a metterlo di buon umore.
"Buon pomeriggio pittore, credevo che non l'avrei rivista mai più, mi sarebbe dispiaciuto".
Claude si stava affezionando a lei, stava nascendo dentro di lui un sentimento di tenerezza e dolcezza nei confronti di quella anziana signora.
"Non sarei potuto ripartire senza salutarla e comunque starò in galleria per un'altra settimana".
La signora con un atteggiamento di rammarico gli disse:
"Purtroppo non sono potuta venire in galleria, e non potrò neanche nei prossimi giorni".
Claude non si dispiacque della cosa, anzi le confidò una sua idea alquanto strampalata:
"Mia cara signora, porterò al ristorante i quadri, così li potrà vedere e descrivermi le sue emozioni".
Sapeva che non l'avrebbe fatto, però sentiva un pressante bisogno di creare per lei e di donarle un suo quadro.
Aveva, fin dall'infanzia, trovato questa modalità per esprimere i propri sentimenti, nessuno poteva impedirglielo, poteva essere libero di manifestarli. Non c'era alcun ostacolo o blocco interiore conscio o inconscio, che potesse limitarlo o precluderlo.
Non aveva ancora scelto il soggetto, ci avrebbe pensato successivamente.
Mangiarono a menù fisso, furono soddisfatti delle pietanze offerte, ritornarono in galleria, non erano perfettamente sobri.
Si misero ambedue distesi sul divano, era necessario prendere altro caffè, per poter affrontare in maniera determinata gli impegni del pomeriggio.
Lentamente si ripresero, giusto in tempo, perché di lì a poco sarebbe giunto in galleria il cliente che nel giorno dell'inaugurazione aveva manifestato l'intenzione di farsi realizzare un quadro su commissione.
Mario e Claude non l'attendevano così presto.
Arrivò verso le cinque, lo videro entrare, Mario, a bassa voce, si rivolse a Claude:
"Lascia trattare me, ci penso io".
Claude fece un cenno di approvazione con il dito pollice rivolto a all'in su.
"Buonasera signor Di Stefano, non l'aspettavamo così presto."
"Ho deciso di anticipare i tempi, non vedo l'ora di possedere l'opera d'arte del pittore francese".
Mario fece alcune precisazioni sui tempi di effettuazione e di consegna del quadro:

"Signor Di Stefano, Claude può iniziare a lavorarci dopo la conclusione della mostra, quindi fra una settimana, poi consideri i tempi di realizzazione che sono circa di venti giorni e…".
Il signor Di Stefano un po' scocciato:
"Ho capito! Dovrò attendere un mese!".
Il gallerista aveva voluto evidenziare la preziosità del gesto pittorico e il valore dell'opera, riuscì pienamente nel suo intento.
Bisognava definire il soggetto da raffigurare e le dimensioni del quadro.
Mario evidenziò la bravura del pittore francese, soprattutto quando si cimentava in paesaggi marini.
"Non so se ha un'idea precisa del soggetto da rappresentare, signor Di Stefano, ma le consiglio un paesaggio di mare, sono unici e vivi".
Intervenne Claude:
"Ho portato da Parigi un book di miei quadri, guardi queste marine".
Il cliente osservò attentamente le immagini presenti nella raccolta, scelse una rappresentazione di un mare agitato sotto un cielo grigio e tenebroso.
"Scelgo questo, è intenso e tumultuoso".
Claude fu felice della scelta fatta, era quello che rispecchiava maggiormente la sua emotività malinconica e turbata.
Mario, mantenendo il suo atteggiamento adulatorio, si complimentò anch'egli per la scelta:
"Quel soggetto esprime la vera anima del nostro pittore francese, deve solo scegliere le misure".
Le scelse: erano un metro di altezza e tre di larghezza.
Claude non si era mai cimentato con quelle grandezze, stava quasi per rinunciare:
"Sono dimensioni importanti, penso di non avere…".
Mario intuì le sue intenzioni e così lo interruppe immediatamente:
"In galleria troverai i pennelli di grandi dimensioni, colori a olio, spatole e tutto ciò che ti occorre.
Il signor Di Stefano non aveva problemi economici, accettò il prezzo richiesto dal gallerista: 3.500 euro.
Claude aveva un senso di angoscia, sentiva la pressione di dover confrontarsi con quella prova, il cui risultato non doveva che essere positivo.
C'era anche un altro motivo di disagio, non meno rilevante: non sarebbe potuto rientrare a Parigi dopo la conclusione della mostra per rivedere la sua dolce Nicole. Cominciava a mancargli molto, gli mancavano quelle lunghe passeggiate nel

parco, i pomeriggi passati a svolgere i compiti, gli scherzi reciproci e i tanti abbracci e baci che si davano.
Mario aveva percepito la tristezza di Claude, non sapeva però come sollevarlo da quello stato di angoscia, non gli disse niente, lo lasciò solo con se stesso.
Di Stefano andò via, sarebbe stato chiamato quando il quadro fosse terminato e pronto per essere appeso nel suo elegante ma freddo salone di casa.
Era fine pomeriggio, Claude aveva un desiderio infinito di chiamare Nicole.
Si mise sul divano, stava seduto comodamente, fece squillare il suo cellulare, ma lei non rispose.
Pensò che non l'avesse sentito, uscì dalla galleria per fumarsi una sigaretta. Stava rientrando, in quel momento sentì lo squillo, corse dentro, era Nicole:
"Ciao amore mio, mi manchi molto".
Claude avvertiva la sua lontananza ancora più intensa, se pensava ai giorni che mancavano al suo ritorno.
Nicole provava anche lei quel sentimento di tristezza derivante dall'assenza del padre, non lo manifestò esplicitamente, lo trasformò in un forte bisogno di raccontare la sua vita di tutti i giorni:
"Papà, a scuola ho preso nove in matematica, la maestra mi ha detto che sono brava".
In Claude si stava insinuando un forte senso di nostalgia per non poter condividere con la bambina le sue emozioni.
"Sei bravissima, lo sei sempre stata, ma io ti voglio bene lo stesso anche se avessi preso due".
Lei ricominciò a parlare, voleva riprendere il racconto delle sue giornate:
"Papino ho scritto la lettera a Babbo Natale, gli ho chiesto quattro giocattoli, però non ci ho messo Musa, tanto me la porti tu, quando torni?".
Musa era un personaggio delle Winx, erano dei cartoni animati creati da un italiano che stavano avendo un enorme successo in tutto il mondo.
Claude sarebbe rientrato a Parigi poco prima di Natale:
"Sì, tesoro, ho trovato un negozio di giocattoli, domani mattina, vado e acquisterò Musa e non solo, ci sarà anche un'altra sorpresa per te".
Nicole non sapeva aspettare, non aveva pazienza:
"Che cos'è?"
"È una sorpresa" ribadì Claude "e purtroppo, amore mio, ti devo lasciare, ci sono persone in galleria, ti chiamerò domani sera, ti voglio tanto bene"
"Anch'io papà e mi manchi tanto".

Lei non rimosse la sua sofferenza, riuscì a viverla coscientemente, invece lui non aveva avuto il coraggio di dirle che non sarebbe rientrato fra cinque giorni, bensì fra venticinque, non avrebbe avuto senso anticiparle il dolore dell'ulteriore separazione, così si giustificò per quella sua mancanza di coraggio ad affrontare quel fatto spiacevole.
In realtà in galleria non c'era nessuno e non arrivò nessuno, fino alla chiusura.
Claude inviò un messaggio, alquanto insignificante, a Laura:
"Ciao cosa stai facendo?".
Non fu da meno la risposta:
"Sto correggendo i compiti dei miei alunni".
Claude avrebbe voluto rivederla.
"Desidero rivederti, puoi liberarti domani?".
Laura non avrebbe potuto, aveva preso un appuntamento molto tempo addietro:
"Non posso, ma dopo domani sono disponibile tutto il giorno" disse lei.
Claude era felice, avrebbe voluto fare qualcosa di speciale, non aveva ancora un'idea precisa. Pensò che si potesse andare al mare, lo amava in inverno, era malinconico e misterioso.
Non conosceva posti nei pressi di Roma. Avrebbe gradito un litorale incontaminato sotto l'aspetto naturalistico e ambientale.
Mario avrebbe potuto saperlo, glielo chiese e lui prontamente rispose:
"Puoi trovare luoghi ancora intatti e tranquilli a sud di Roma, molto a sud, circa cento chilometri".
Claude pensò che fossero molti, ma aveva il desiderio di stare con lei in un posto fantastico, dove potersi ritrovare e aprirsi reciprocamente.
Mario non riusciva a comprendere quel suo bisogno di evasione, non gli disse niente, sentiva che c'era qualcosa che non sapeva.
Gli avrebbe prestato la sua auto, gliel'avrebbe data il giorno successivo, quando si sarebbero visti in galleria.
Claude e Laura si sarebbero incontrati in quello stesso posto.

# UN LUOGO SCONOSCIUTO

La sera prima, Mario diede l'auto a Claude, riuscì a parcheggiare vicino casa, non era stata una cosa agevole.
Si recò all'appuntamento in perfetto orario, Laura era già arrivata, salì in macchina, si salutarono semplicemente guardandosi negli occhi, avevano timore che qualcuno potesse riconoscerli.
Partirono velocemente, si allontanarono e si baciarono finalmente.
Laura non sapeva, dove sarebbero andati, glielo domandò senza avere un vero interesse:
"Claude, dove andiamo?"
"Non lo so, precisamente, verso sud, Mario mi ha consigliato un luogo che si trova nei pressi di Terracina."
"Sai come arrivarci?"
"Ho il navigatore satellitare" disse Claude.
Laura non si preoccupava, in qualunque posto fossero giunti, a lei andava bene, l'importante era stare insieme.
Ci misero molto tempo a uscire da Roma, era un giorno di lavoro, il traffico era intenso e caotico. Presero una strada consolare, il satellitare la indicava con il nome di Pontina, la direzione era Latina.
Per Claude erano nomi assolutamente sconosciuti e irrilevanti, anche Laura non conosceva quelle parti di Roma.
Era proprio una gita, la velocità era tranquilla e rilassata, potevano parlare e conoscersi in maniera più completa.
Il pittore francese chiese della sua infanzia, delle relazioni che aveva vissuto nel suo mondo reale e fantastico quando era bambina, con le persone necessarie e irrinunciabili della sua vita.
Il suo modo di essere adulta sarebbe stato il risultato della vita breve ma intensa vissuta nell'infanzia e nell'adolescenza; certi caratteri e aspetti sarebbero stati con lei per sempre, di alcuni ne sarebbe stata consapevole, altri l'avrebbero condizionata in maniera silenziosa e oscura, ignara della loro presenza.
Lui percepiva in Laura un forte senso di infelicità, coperta da atteggiamenti apparentemente allegri, loquaci ed espansivi.
Claude aveva, dopo la separazione dalla propria moglie, effettuato una profonda conoscenza introspettiva di se stesso, sviluppando una capacità di analisi che andava oltre gli elementi esterni e apparenti, ma si indirizzava a

considerare gli aspetti interiori, che erano celati e nascosti dentro di lui.
E così con molto tatto, e delicatezza, le chiese:
"Sembri una donna felice, ma secondo me non lo sei".
Laura lo guardò, gli mise una mano sulla gamba e rispose:
"Oggi sono felice e ti amo tanto".
Claude rimase spiazzato dalla sua risposta.
"Mi ami? Ci metti molto poco a innamorarti, non sai niente di me".
La donna dai capelli rossi si offese:
"Mi hai preso per una donnetta qualunque che s'innamora del primo che capita? Ti Sbagli, tu non sai cosa rappresenti per me".
Non lo poteva assolutamente immaginare, ma lo voleva sapere, insistette:
"Chi rappresento per te?".
Laura sentiva un forte bisogno di raccontargli la sua vita.
Lei aveva già descritto la sua infanzia tormentata avuta con suo padre, la relazione dolorosa che lei e sua madre avevano avuto con quella violenta figura maschile, ma non gli aveva detto che:
"Mia madre, fin da quando avevo sei anni, aveva un amante, lui era sposato, aveva un'altra famiglia, io sapevo che c'era quest'uomo, ma non sapevo che ruolo impersonasse nella relazione con lei".
Claude era sempre più sbalordito.
"E io?"
"Tu… tu assomigli a quell'uomo".
Claude replicò a quell'affermazione, in maniera infastidita:
"Io non sono lui e tu non sei tua madre".
Laura non aveva voluto sentire quella considerazione, non lo volle guardare, si girò verso il finestrino.
Stettero in silenzio per un po' di tempo, lui pensò alle cause emotive e affettive che avevano determinato in lei quel suo atteggiamento che percepiva distorto e anormale.
Continuavano ad andare verso sud, presero una strada provinciale, non seguivano più le indicazioni del navigatore satellitare. Voltarono da quella strada provinciale in un'altra stretta e con tante buche, alla fine intravidero una striscia azzurra, erano arrivati al mare.
Presero la litoranea, trovarono un ambiente naturale perfettamente conservato e integro, spiagge con dune, un mare color azzurro argento e un immenso silenzio.
Cercavano un accesso al mare che si infilasse tra le tante dune che si opponevano alla spiaggia, scorsero un piccolo sentiero, lo percorsero e arrivarono al mare.

Non c'era vento, le onde lentamente bagnavano la sabbia, sulla spiaggia erano presenti rami secchi, conchiglie, tronchi stancamente accomodati.

Passeggiarono, sotto un tiepido sole d'inverno, non parlarono molto, trovarono un grande tronco accogliente e si sedettero.

Claude aveva voglia di baciarla, di toccarla e accarezzarla. Erano soli in quel luogo di pace e di mistero.

Cominciò senza nessuna remora a sfiorarle il collo, a baciarla sulle orecchie, si strinsero forte toccandosi con slancio e intensità. Cominciò a spogliarla, lei non si opponeva.

Erano eccitati, non avevano alcun blocco a farlo lì, sulla spiaggia, sentirono però in lontananza dei cani che abbaiavano, si voltarono e videro che stavano andando verso di loro.

Si rivestirono dei pochi indumenti che erano riusciti a togliersi e con molto dispiacere ripresero la loro passeggiata in quella natura pura e intatta.

Risalirono il sentiero dell'andata, montarono in auto e continuarono su quella strada, in pochi chilometri il paesaggio cambiò radicalmente, non c'erano più dune e sabbia, ma rocce e scogli.

Su una scogliera ci si trovava una torre, sola, che guardava il mare, la sua vista poteva arrivare fino all'infinito della vita.

Era una torre saracena, messa in quel posto centinaia di anni fa per difendere il territorio circostante dagli attacchi che venivano portati dal mare dagli infedeli musulmani.

La strada volgeva verso l'interno abbandonando la costa, decisero così di tornare indietro. Avevano, quasi all'inizio della litoranea, veduto un piccolo ristorante, avrebbero potuto fermarsi a mangiare.

Claude partì velocemente, musica a tutto volume, lui amava ascoltarla con un'intensità elevata e coinvolgente.

"Devi essere pronto ad accoglierla, a farti invadere dal suo suono. Devi aprirti, lei s'insinua dentro di te, ti riempie, prende ciò che puoi offrirle e riesce piena di emozioni e sentimenti" le disse.

Claude poteva abbandonare ogni sorta di autocontrollo e di difesa, si lasciava andare vivo e libero.

Laura al contrario opponeva resistenza, sentiva confusione, non riusciva a lasciarsi andare, doveva controllarsi e gestire:

"Claude diminuisci il volume, non capisco niente, provo un forte senso di smarrimento."

"Ma no… Ti permette di trovare emozioni sconosciute, vai oltre quel senso di smarrimento. Immagini e pensieri si susseguono nella tua coscienza, prendili anche se dolorosi".
Laura non riusciva a cogliere il senso di quell'affermazione:
"Che significa?" chiese lei.
Claude abbassò il volume, le barriere che lei aveva alzato non le avrebbero permesso di trovare e di far emergere sofferenze nascoste presenti nel suo inconscio.
"Significa vedere immagini che non vedi e sentire pensieri che non senti" disse.
Le aveva dato una spiegazione assurda, ancor più difficile da comprendere.
Claude smise di parlare di quegli argomenti, inconsciamente rifiutati da Laura, si rivolse a lei e disse:
"Guarda siamo arrivati, eccolo il ristorante. Hai tanto appetito?".
Laura non mangiava molto, anzi spesso digiunava, però stranamente in quell'occasione non fu così:
"Ho molta fame, sarà l'aria di mare" disse
Non c'erano molti tavoli, il ristorante era quasi vuoto, potevano scegliere quello migliore.
Si sedettero vicino a una vetrata, da cui entravano dei leggeri raggi solari che riscaldavano quella parte del locale.
"Ti vuoi sedere con il viso rivolto verso il sole?" continuò Claude.
"No," rispose Laura "non amo il sole e il caldo, e tu?"
"Io adoro il sole e il caldo, vivo l'inverno in attesa che arrivi la bella stagione. Ogni estate è come se rinascessi, è una rinascita completa e soddisfacente, è una carica energetica che accumulo per poter riaffrontare le stagioni buie e fredde della vita".
Claude si sedette con il sole in faccia, un senso di abbandono lo avvolse, sensazioni di rilassamento durarono per tutto il pranzo.
Mangiarono con gusto, soprattutto Laura, sembrava che non mangiasse da giorni. Lei gli consigliò alcuni piatti tipici, lui apprezzò degli spaghetti con le telline.
"Mi sono fatto dare la ricetta dallo chef," disse Claude, "a Parigi la riproporrò nella mia cucina, ma sicuramente non saranno gustosi come questi, mi mancherà l'atmosfera che sto vivendo in questo luogo magico".
Laura si sentì lusingata dalla sua affermazione:
"Quando li mangerai, mi penserai e ti sentirò".
Claude era stanco di vivere nel passato e di vivere per il futuro, voleva sentire il presente e viverlo intensamente.

Uscì solo dal ristorante, Laura era andata in bagno, lo faceva sempre ogni qual volta mangiava qualcosa. Lo raggiunse dopo dieci minuti, il sole stava nascondendosi dietro l'orizzonte, le onde, lentamente, andavano e venivano. Ammirarono un'ultima volta quel luogo con un senso di nostalgia e malinconia, sapevano che non sarebbero mai più ritornati in quel posto, almeno insieme.

Si avviarono, ripresero la strada angusta e stretta, trovarono subito un cartello indicante la direzione per Roma, lasciarono definitivamente quel luogo di cui non sapevano il nome, ma che sarebbe rimasto per sempre nel loro cuore.

Claude guidava tranquillamente, Laura appoggiò la propria testa sul suo petto, si avvicinò all'orecchio e gli sussurrò:

"Non voglio andare a casa, questa sera".

Lui spostò per un momento la vista dalla strada, la guardò e si affrettò a risponderle:

"Vieni da me, ho voglia di te e ti desidero."

"Anch'io. Sono stata molto bene con te oggi, ti amo sempre di più".

Il pittore non esternò alcun commento, fece un cenno con il capo di condivisione.

Laura aspettava che lui le dicesse la stessa frase e cioè "ti amo".

Non glielo chiese esplicitamente, non aveva il coraggio.

Aveva capito però che tipo fosse Claude, se avesse provato quelle emozioni non avrebbe avuto nessuna esitazione a manifestarle.

Non disse niente.

Procedette velocemente, non voleva sprecare un minuto di troppo in quella macchina, arrivò a Roma senza problemi, per recarsi al suo appartamento mise in funzione il navigatore, in dieci minuti giunsero a casa.

Entrarono, c'era un po' di disordine nell'appartamento, Claude ci aveva già portato gli strumenti necessari per dipingere il grande quadro commissionato dal signor Di Stefano.

Cominciò a sistemare i colori, i pennelli, le tavole di legno in modo che non impedissero i loro movimenti.

Laura gli si avvicinò, l'abbraccio da dietro, mentre stava ancora collocando nei posti appropriati gli oggetti rimanenti, gli toccò il suo pene, lui non si girò e lei continuava, aumentando l'intensità del suo movimento.

Si spogliò e lo spogliò, andarono in cucina, fecero sesso, godettero insieme e finirono sul letto a fare l'amore.

Claude, appena terminato il loro amplesso, si alzò immediatamente e andò nel piccolo soggiorno.
Laura rimase a letto a godere di quel senso di soddisfazione e di interiorità che continua a persistere dopo aver provato forti emozioni.
Erano passati quindici minuti e lei non sentiva alcun rumore e suono provenire dal soggiorno, si preoccupò, lo chiamò:
"Claude, ci sei? Che stai facendo?".
L'uomo non rispose, allora Laura si alzò di scatto, andò nell'altra stanza e lo vide:
"Ma cosa fai?"
"Non vedi, dipingo un quadro per te." disse lui.
Laura rimase sorpresa di quel gesto, in quel momento e in quel contesto:
"Perché, Claude?"
"Perché ho un desiderio irrefrenabile di creare, di emozionarmi. È una forza interiore potente che deve manifestarsi."
Non poteva finirlo in pochi minuti, dovette interrompere, doveva accompagnare Laura a casa.
Si rivestirono velocemente, uscirono insieme, l'accompagnò alla fermata di taxi. La baciò senza particolare calore, doveva ritornare a casa a completare il quadro per lei.
Il supporto era di legno, un compensato con uno spessore di cinque millimetri e dimensioni di venti centimetri per venticinque.
Utilizzò dei colori a olio, diluiti con trementina e olio di lino, per farli asciugare rapidamente.
Aveva già preparato la base del quadro, cioè lo sfondo, cominciò a rappresentare il soggetto fondamentale, era un glicine pendente di color lilla e rosa.
Amava particolarmente quel fiore, si poteva dipingere senza prestare particolare attenzione e precisione, lasciandosi andare, potendo apprezzare pienamente la libertà che l'atto pittorico permetteva di vivere all'artista.
Claude, senza accorgersene, stendeva il colore sul legno, sceglieva i colori, creava luce e ombre e pensava. I suoi pensieri si formavano inconsapevolmente, la sua psiche viaggiava nel tempo e nello spazio libera di uscire, senza ostacoli e opposizioni.
In alcuni momenti ritornava cosciente e proprio in uno di quegli attimi afferrò e rivide una sua immagine di quando era un dolce bambino.
Stava nel salone della sua casa d'infanzia, seduto al tavolo, con la testa bassa su un pezzo di legno e colorava a volte in maniera compulsiva e altre con un atteggiamento rilassato.

Ambedue le modalità infondevano a Claude soddisfazione e piacere interiore, ci passava ore su quell'oggetto inanimato, riusciva però, con la sua partecipazione, a trasformarlo in un oggetto vivo, colmo d'amore, con un'anima splendente e radiosa.

Andò da sua madre, entusiasta, pronto a donarle quel suo oggetto d'amore e lei semplicemente:

"Sì, Claude è bello, ma che cos'è?".

Lo riprese, si girò e se ne tornò nella sua stanza preferita, malinconico e rassegnato.

Il pittore francese aveva continuato però ad amare con quella modalità, era l'unico modo che aveva potuto tenere e adottare, senza provare paura, dolore e rifiuto.

Era notte fonda, il quadro era quasi terminato, fece degli ultimi ritocchi e ci mise del fissativo per rendere i colori più saturi e intensi.

Doveva essere solo firmato.

Non poteva utilizzare il suo vero nome, il marito di Laura l'avrebbe riconosciuto, decise allora di inventare uno pseudonimo per poterlo firmare.

Gli piacque il nome di pittore maledetto; non sapeva perché gli piacesse e perché avesse scelto quel soprannome, forse inconsciamente presagiva un suo futuro comportamento odioso e nefasto, cioè un atteggiamento maledetto.

Andò a dormire, svuotato, stanchissimo e privo di qualunque energia psichica e fisica.

Claude, quel giorno, comprese il motivo per cui era un pittore vero.

# LA TRISTE NOTIZIA

Arrivò prima dell'ora di pranzo, parcheggiò l'auto nei pressi della galleria.
Mario lo stava aspettando, ansioso di sapere come fosse andata la giornata passata.
"Hai trovato il tuo posto di mare intatto e incontaminato?" gli chiese.
"Sì era veramente un luogo incantevole, ricco di bellezze naturali." rispose Claude.
"Qual è il nome?" ribatté Mario.
"Non né ho la più pallida idea, la costa era all'inizio sabbiosa con dune fiorenti e fitte, successivamente sostituite da scogli e rocce imponenti. Su una di queste si ergeva una torre saracena, ancora ben conservata, sovrastata da una montagna ricca di vegetazione mediterranea. Sembrava che ci fosse sdraiato un grande gigante addormentato."
Mario capì dalle indicazioni che gli aveva fornito il luogo in cui si era recato il giorno precedente. Era il litorale di Sabaudia, nei pressi di Latina.
Lo disse a Claude, ma a lui non interessava. Aveva altri pensieri tristi e dolorosi, nella sua mente e nel suo cuore.
Fin da quando si era svegliato, pensava al dispiacere che Nicole avrebbe provato, se le avesse detto che il suo ritorno a Parigi era stato rinviato di venti giorni.
Rimuoveva il suo dolore attribuendolo alla sua bambina, ma anche lui sentiva tristezza e cercava di attenuarla. Non poteva però non affrontarlo, l'avrebbe chiamata la sera con calma e tranquillità.
Riuscì a distrarsi, Mario lo aveva visto preoccupato e particolarmente silenzioso, gli fece, non immaginando lo stato d'animo di Claude, una battuta ironica.
"Ti sei innamorato della donna dai capelli rossi? La vorresti incontrare?".
Claude gli rispose scocciato:
"Ma come ti viene in mente? È felicemente sposata e innamorata di suo marito".
Mario non sapeva della loro storia, era meglio così, perché amava spettegolare e parlava troppo e a sproposito.
Claude non aveva pensato a lei, neanche per un attimo, straripava di lei e non aveva alcun bisogno di sentirla quel giorno.
Mario si accorse di aver fatto una battuta fuori luogo e così gli disse:
"Scherzo, e poi domani sera verrà in galleria insieme a suo marito a ritirare i quadri".

Il pittore francese rimase un po' sconcertato da quella notizia, non sapeva come si sarebbe comportato con lei, in presenza del marito.
In galleria arrivarono alcuni visitatori, erano francesi, guardarono con particolare interesse i pochi quadri rimasti invenduti di Claude, ne acquistarono due.
Mario li imballò, li avrebbe spediti in Francia tramite il suo corriere di fiducia. Si rivolse ai turisti francesi e chiese loro:
"Quando ripartite?"
Risposero insieme:
"Domani a mezzogiorno abbiamo l'aereo per Parigi".
Claude avvertì nuovamente un senso di tristezza e di vuoto, ripensando a Nicole. Si era sforzato tanto per respingere dentro di sé quelle dolorose sensazioni, ma non poteva nulla contro il destino avverso che si accaniva contro di lui. Allora accettò di sentirle e di viverle.
Decise di chiamarla in quel momento. Uscì dalla galleria, si era preparato il discorso da farle, fece il numero, il cellulare risultava però non collegato.
I suoi pensieri si orientarono allora a Laura, voleva al più presto donarle il quadro che aveva creato per lei. L'indomani sarebbe venuta ma in compagnia del marito, non poteva darglielo, avrebbe cercato di contattarla in presenza di lui, sarebbe stato eccitante e pericoloso.
In realtà non sapeva che condotta avrebbe tenuto, l'avrebbe saputo solo in quel momento.
Riprovò a chiamare Nicole, finalmente rispose.
"Ciao amore di papà, che fai di bello?"
"Ho appena finito di mangiare. Tu hai preparato la valigia" domandò lei.
Claude rispose con un tono di voce fermo e determinato:
"Non ho preparato la valigia, perché non posso tornare domani."
"E perché?" chiese Nicole
"Perché un signore mi ha chiesto di fargli un grande quadro per la sua casa e lo vuole subito."
"Allora quando torni?"
"Fra venti giorni," disse Claude "sicuramente prima di Natale."
"Va bene. Ciao, papà."
Nicole non sembrò particolarmente dispiaciuta del rinvio della partenza, sembrava aver accettato che il padre non ritornasse da lei. Claude doveva essere contento di questa sua nuova emotività, stava cominciando a elaborare quel processo difficile e doloroso per ogni bambina, che era la separazione affettiva dalle persone fondamentali della

propria vita. Invece un senso di paura stava riempiendo il suo cuore. Quella paura che prende quando ci si sente non più amati, chiunque sia a non amarti, una madre, un padre, una moglie e anche una figlia.
Sembrava che se non sentisse pena, non poteva provare amore per lui.
In realtà Nicole l'amava ancora, era Claude che in alcuni momenti ripiombava in quel vuoto affettivo in cui la sua vecchia ferita, non ancora completamente rimarginata, gli procurava dolore e sofferenza. Era la ferita dei non amati.
Smise di pensarla ma non cessò nella sua anima il bisogno di essere amato.
Era ora di pranzo, si recò a salutare la sua amica del ristorante, non desiderava il suo cibo, ma aveva bisogno dei suoi atteggiamenti rassicuranti, che infondevano in lui tanta serenità e pace.
"Buon pomeriggio, dolce signora, come sta?"
"Stelli' come sto? Sto bene e sto a combatte' coi primi, secondi e coperti".
Claude percepì un senso di amarezza e stanchezza nelle parole della signora. Sensazioni che aveva sentito anche quando si erano incontrati la volta precedente. Tutta la sua esistenza l'aveva trascorsa fra quelle quattro mura del ristorante, non aveva mai fatto un viaggio, una vacanza, non era mai andata a teatro, un cinema, non aveva un hobby, una passione.
La sua vita l'aveva vissuta sentendo il racconto delle vite degli altri. Aveva potuto così acquisire la capacità di leggere nell'anima delle persone.
Gli chiese teneramente l'anziana signora:
"Pittore e tu come stai?"
"Così e così." rispose l'uomo con un tono dimesso.
Lei aveva già compreso come stesse e glielo disse:
"Claude sei tanto triste."
"Sì, ma passa, tutto passa, purtroppo domani finisce la mostra e non ci vedremo più, anche se non riparto subito per Parigi. Rimarrò a Roma, devo dipingere un quadro per un cliente romano".
Rimasero alcuni secondi in silenzio, l'anziana signora lo guardò negli occhi e con il solito atteggiamento di tenerezza gli disse:
"Piega quella tua malinconia che hai dentro e fai venire fuori tutta la luce che c'è in te".
Claude abbassò la testa in segno di consenso, si abbracciarono e baciarono.

Fu un bacio vero, sentito, non appoggiarono semplicemente i loro visi, le loro labbra toccarono le rispettive guance con affetto e amorevolezza.

Tornò in galleria, la giornata stava volgendo al termine, Mario stava individuando per i vari pittori quali fossero i quadri venduti e da consegnare agli acquirenti e quali da riconsegnare agli artisti il giorno successivo.

Il pittore francese aveva collocato tutti i suoi quadri a eccezione di due. Li avrebbe lasciati nella cantina della galleria.

Era un momento tranquillo, Mario era molto soddisfatto di come si fosse svolta la mostra.

Si rivolse a Claude e con un senso di compiacimento gli chiese:

"È andata molto bene la tua esposizione, sei contento?"

"Sono contento e appagato, non solo per i quadri venduti, ma per l'esperienza di vita che ho sperimentato in questi dieci giorni qui a Roma, e ti ringrazio per tutto quello che hai fatto".

Mario si commosse, ogni volta che terminava una mostra, provava un senso di addio e dispiacere, questa volta provò quelle sensazioni addirittura il giorno prima della chiusura.

"Ho fatto tutto quello che potevo affinché andasse nel migliore dei modi, soprattutto per te, sapevo cosa significasse e quanto fosse importante".

Stavano pacatamente parlando della loro vita, di situazioni e momenti personali, quando a Claude squillò il suo cellulare.

Anche quando stava al telefono con Nicole, gli era sembrato di sentire un suono leggero, come se avesse ricevuto contemporaneamente un'altra chiamata.

Allora aveva preso il suo cellulare, e aveva visto nell'opzione chiamate ricevute l'indicazione di un'altra telefonata, era di Laura.

L'aveva richiamata, squillava libero, lei non aveva risposto, anzi aveva rifiutato la chiamata.

Claude si era dispiaciuto di quell'episodio, non capiva il suo comportamento, non la volle richiamare però.

Adesso il suo telefono risquillava, era Laura e lui invece rispose.

"Pronto Claude, come stai?"

"Bene, molto bene, ti ho chiamata oggi, perché hai rifiutato la mia telefonata?".

Lei in maniera impacciata rispose:

"Non l'ho rifiutata, in quel preciso istante, stavo chiamando una mia amica e… e poi, anch'io un attimo prima ti ho chiamato, e tu non mi hai risposto".
Claude capì che lei non aveva risposto per puntiglio e ripicca.
"Non potevo risponderti stavo parlando con Nicole, dopo aver chiuso la sua telefonata, ho potuto vedere la chiamata ricevuta." le disse Claude.
A volte, la donna aveva degli atteggiamenti infantili che lui non sopportava.
"Potevi richiamarmi, non avevi voglia di sentirmi?" disse Laura.
Claude fu estremamente sincero, non ricorse ad atteggiamenti ambigui.
"No! Ero pieno e colmo di te, stavi dentro di me in maniera bella e soddisfacente".
Laura non riusciva a comprendere quel suo modo di vivere la loro relazione. Dovette manifestare ed esternare quel suo dubbio, che celava in realtà una paura mortale.
"C'è una cosa che non capisco e non capirò mai, come fanno due persone a essere tanto intime il giorno prima e quello dopo ignorarsi e darsi per scontate?"
Il pittore aveva già risposto, ma lei non aveva inteso il senso di quello che le aveva detto.
La donna dai capelli rossi continuò su quella linea.
"Mi ami Claude?".
L'uomo si aspettava quella sua domanda, ci pensò un momento, prima di rispondere:
"No, non ti amo, ti voglio molto bene, con te provo delle emozioni intense e forti, ma non ti amo".
Laura si ammutolì, non disse più niente, lui intervenne nuovamente, non riusciva a gestire i lunghi silenzi e le chiese:
"Domani, accompagnerai tuo marito in galleria a riprendere i quadri?"
"No, non verrò."
"Peccato avrei voluto vederti!" disse Claude.
Lei replicò in maniera seccata:
"Perché vuoi vedermi?"
"Voglio donarti il quadro che l'altra notte ho creato per te".
Claude riusciva sempre a sorprenderla, lei avrebbe voluto rispondere che rifiutava quel suo dono per quanto era arrabbiata, ma si sentiva compiaciuta e lusingata da lui.
Laura gli chiese che soggetto avesse realizzato:
"È un paesaggio di mare in burrasca e agitato?".
Lui capì che avrebbe accettato il suo quadro.

"No non lo è, e comunque non te lo dico, il soggetto è una sorpresa." rispose.
Laura pensò agli impegni che avrebbe avuto nei giorni seguenti e gli propose di vedersi il giorno dopo al solito posto, alle sedici.
A Claude andava bene posto e ora dell'incontro. Fissarono quell'appuntamento, dimenticandosi tutto quello che si erano detti nella conversazione telefonica appena terminata, erano scomparse paure e dubbi, lusinghe e rifiuti, avrebbero ricominciato da capo la loro conoscenza.
Rientrò in galleria, Mario stava trattando con alcuni clienti la vendita di un quadro, il pittore si mise in disparte, pensò a quello che si erano detti con Laura.
Non l'amava, lui non credeva ai colpi di fulmine, un rapporto d'amore si costruisce lentamente, conoscendosi veramente, cercando di scoprire tutti gli aspetti consci e soprattutto inconsci dell'altra.
Claude era reduce da una storia d'amore fallimentare, basata su elementi nevrotici reciproci, stava cercando di sanare i suoi aspetti sofferenti, non voleva ripetere nuovamente quello sbaglio, non poteva instaurare una nuova relazione malata.
Voleva conoscerla meglio e non voleva illuderla anche a costo di essere apparentemente cinico e crudele. Una relazione nevrotica che si fosse nutrita delle rispettive malattie psichiche non avrebbe mai più voluto riviverla.
Lui voleva guarire.
Non bastava affetto e una forte emotività a Claude per dirle "ti amo", avrebbe voluto trovare altro o non trovare altro ancora.

# LA FINE DELLA MOSTRA

Arrivò nel tardo pomeriggio in galleria, non aveva molte cose da fare.

I quadri rimasti erano solo due, ritirò le sue release, gli elenchi delle opere esposte. Aveva fatto il suo lavoro, poteva distendersi e guardare gli altri.

Faceva molto freddo quel giorno, andò comunque a fumare una sigaretta in strada, altri pittori arrivavano con molta calma.

Tutti avevano un atteggiamento rilassato, non c'era più la tensione del giorno dell'inaugurazione, ormai tutti avevano svolto il loro esame.

I pittori ridevano e scherzavano, raccontandosi aneddoti ed episodi particolari che si erano verificati in quei dieci giorni di mostra.

Arrivò anche lui, fu l'ultimo dei pittori, Claude lo vide, era solo, Laura effettivamente non era venuta con lui.

Salutò tutti, era tranquillo. Cominciò a smontare i suoi quadri, li preparò accuratamente, li aveva ordinatamente appoggiati al muro per essere trasportati e caricati in macchina.

Claude lo osservava, cercava di capire dai suoi movimenti e dai suoi atteggiamenti esteriori il suo carattere e la sua personalità.

Era particolarmente preciso, si muoveva lentamente e si guardava intorno mentre compieva quelle azioni.

Claude lo guardava e pensava come la vita di quell'uomo fosse decisa non da sue scelte e da suoi comportamenti, ma da azioni e atti tenuti da altri soggetti che magari non conosceva e sui quali non poteva assolutamente incidere.

Era il carattere dell'impotenza che l'essere umano aveva, fin dagli albori della sua nascita, ha cercato di sconfiggere inutilmente.

Il culmine era rappresentato dàll'impossibilità di piegare quel fatto doloroso, di fine e di finito che era la morte.

Il pittore francese aveva provato a debellare la sua impotenza, tenendo, in base al meccanismo degli opposti, atteggiamenti caratterizzati da esasperata onnipotenza.

La pittura era una modalità del comportamento onnipotente tenuto da lui, poteva creare su una tela vuota e bianca un mare, un cielo, un prato che non esistevano, era come Dio che creò il cielo e la terra, gli uomini e gli animali e il settimo giorno si riposò.

Claude, mentre continuava a guardarlo, provò una sensazione di morte che lo avvolse, sentì il carattere illusorio e

utopistico del suo essere onnipotente, accettò la fine, e un senso di sollievo entrò dentro di lui.
Non riuscì a capire come la vista del marito di Laura avesse potuto indurre in lui quei complessi pensieri. Smise di pensarci, Claude voleva parlare con lui, si avvicinò e gli chiese:
"Ti serve aiuto?".
L'altro rifiutò in modo gentile troncando la conversazione.
Claude ci riprovò.
"Com'è andata la mostra? Sei soddisfatto?"
"Sì, abbastanza, anche se avrei sperato qualcosa di più".
Non era particolarmente loquace, Claude non continuò, allora, prese uno dei due quadri e uscì dalla galleria.
Aveva una promessa da mantenere, si recò al ristorante, la signora era sempre lì, a qualunque ora si andasse, la potevi trovare in quel posto.
Lei lo vide:
"Buonasera pittore, ancora qui? Vuole mangiare?"
"No grazie, ho qualcosa per lei."
"Mi ha portato il quadro?" chiese la dolce signora.
"Sì," rispose il pittore, facendo però una precisazione "non è stato creato per lei, è uno di quelli rimasti della mostra che si sta concludendo oggi."
"È bellissimo, importa il senso del quadro e del tuo gesto, Claude".
Non l'aveva mai chiamato per nome, gli aveva fatto un immenso piacere. Le fece un cenno, la salutò con la mano e se ne andò.
I pittori avevano finito il ritiro dei loro quadri, se ne andarono tutti, anche il marito di Laura andò via.
Mario e Claude rimasero soli, era veramente finita. Claude aveva fatto bene a fidarsi del suo amico gallerista.
Quando accettò di partecipare alla mostra non poteva sapere come sarebbe potuto andare, aveva deciso di mettersi in gioco, poteva rischiare la caduta definitiva del suo ego ma Claude era un giocatore, amava rischiare e così fece, vincendo la sua partita.
Andò via, salutò Mario si sarebbero rivisti non molto per la consegna del quadro commissionato. Sarebbe stata l'ultima passeggiata dalla galleria alla sua casa, fissava attentamente ogni strada, palazzo, fontanella che incontrava.
Voleva lasciare tutto impresso nella sua mente per sempre.
Viveva un senso di addio e una sensazione di fine, che se pur tristi e malinconici piacevano molto a Claude, in realtà l'unica cosa che era stata chiusa fu la mostra nella galleria di Mario.

Avrebbe trascorso molti altri giorni a Roma, che avrebbero arricchito la sua vita di sentimenti piacevoli ma anche dolorosi.
Il giorno seguente avrebbe incontrato Laura, le avrebbe regalato il quadro che aveva creato per lei.
Appena rientrato a casa, lo prese e lo osservò con attenzione, doveva essere perfetto.
Riprese i colori, li mischiò con della trementina così che potessero asciugarsi entro la mattina successiva, apportò piccole modifiche.
Si mise a guardarlo, cercava di individuare eventuali imperfezioni, Claude passava molto tempo a scrutare i suoi quadri, cercava di cogliere sensazioni ed emozioni che gli fossero sfuggite nel momento in cui li dipingeva.
Era contento di come fosse venuto, sicuramente le sarebbe piaciuto.
Non era particolarmente emozionato, o almeno l'idea di incontrarla non provocava in lui una particolare eccitazione, non sapeva però come sarebbe stata la realtà, non voleva pensarci e non voleva più sentire emozioni in base a pensieri virtuali e ipotetici.
Claude non aveva sonno, erano solo le dieci di sera, se si fosse messo a letto non avrebbe dormito.
Voleva chiamare Nicole, rinunciò perché lei sicuramente già dormiva. Decise allora di iniziare il quadro che gli era stato commissionato dal signor Di Stefano.
Tirò fuori la base di legno, la foto da cui trarre ispirazione e i colori che avrebbe usato per dipingere.
Con una matita delineò le linee essenziali delle varie parti che andavano a comporre il quadro. Si fermò, cominciò a guardare quel pezzo di legno e immaginava a occhi aperti nuvole grigie piene di pioggia, onde altissime, squarci di luce nel cielo, lo stava creando dentro di sé quel quadro.
Iniziò a rappresentare, realmente, quel suo immaginario, cominciò dal cielo, non doveva seguire uno schema prestabilito, era libero di definirlo senza vincoli tecnici, le nuvole le metteva dove voleva in quel cielo tumultuoso, più chiare o più scure, piccole o grandi, era libero, almeno così si sentiva.
Passò più di un'ora a dipingere il suo cielo, l'avrebbe ripreso più di una volta.
Smise, era stanco, non poteva andare oltre, si mise a guardarlo, era rilassato ed esausto.
Osservava intensamente il suo quadro, si accorgeva che poteva apportare cambiamenti in alcune parti, e allora ricominciava, modificò quella parte, non avrebbe mai finito, sarebbe arrivato fino al mattino.

Doveva pensare ad altro per smettere, pensò a Laura, lei apparve nella sua mente, sperava che il suo dono la rendesse felice.
Era molto tardi, decise di andare a letto, incartò il quadro e lo collocò vicino alla porta di entrata, portò il cellulare con sé a letto, la sveglia era stata fissata per le otto.
Si addormentò immediatamente, pensando a lei con leggerezza e tenerezza.

# UN DONO D'AMORE

Quella mattina, fu la prima cosa che fece dopo essersi svegliato: riprese a dipingere il quadro, in cui aveva appena accennato solo agli aspetti fondamentali del cielo.
Si era quasi tutto asciugato, avrebbe inserito del colore completamente puro, senza l'utilizzo della trementina.
Stava rappresentando tutte le parti chiare del cielo, con un giallo di Napoli rossastro, del bianco e una punta di blu turchese.
Stava inserendo gli elementi di luce, essenziali per movimentare un quadro in cui c'era la prevalenza di colori freddi e scuri.
Era soddisfatto di come stesse venendo, doveva però cominciare a dipingere il mare.
Le onde si sarebbero dovute rappresentare utilizzando la stessa tonalità di blu, schiarendo e scurendo le varie parti delle stesse per conferire un aspetto tridimensionale.
Sapeva che ci avrebbe impiegato molti giorni per farle come desiderava lui. Non doveva avere fretta, il tempo a disposizione era più che sufficiente, era solo una questione emotiva.
Gli piaceva molto mettere la schiuma bianca sulle onde, gli dava un senso di finito e di compiuto.
Si era affaticato, mise da parte pennelli, colori, spatole, avrebbe voluto rivedere il quadro di Laura, ma era già completamente impacchettato. Cercava di ricordarlo, voleva essere certo che gli piacesse.
Era quasi ora di uscire, l'appuntamento era alle quattro al solito posto. Aveva ancora tempo per chiamare Nicole.
"Ciao amore, stavi dormendo?" le disse.
"Papà, sono anni che non dormo il pomeriggio."
Lui lo sapeva, era un modo come un altro per rompere il ghiaccio, non era riuscito ancora a superare completamente il dispiacere che le aveva procurato.
"Come va la scuola?"
"Bene, però non vedo l'ora che arrivano le vacanze di Natale, così arrivi anche tu, vero?"
"Sì è vero, stai tranquilla ritornerò".
Nicole avrebbe voluto ricominciare a vivere momenti di svago insieme al padre, le mancavano moltissimo.
"Papino quando torni, mi porti al cinema a vedere un nuovo film di Walt Disney."
"Certo tesoro, qual è il titolo?"
"Rapunzel."
Claude, inoltre, le fece la solita domanda:

"Hai tanti compiti per domani?"
"Nessun compito," rispose felice "prima che mi chiamavi, mi stavo preparando per andare al parco con mamma."
"Bene tesoro, divertiti e ti voglio tanto bene".
Claude era felice della telefonata avuta con Nicole, prese il quadro e uscì.
Arrivò, in perfetto orario, Laura era già lì, esternò un sorriso intenso.
Si baciarono spontaneamente, senza il timore di essere scoperti. Era ansiosa di vedere il quadro; il giorno in cui lo stava dipingendo, non riuscì a vederlo realizzato.
Non sapeva cosa avesse rappresentato, immaginava una marina.
Claude non vedeva l'ora di scoprirlo.
Non glielo diede subito però, passeggiarono in maniera distesa e rilassata. Era un rilassamento apparente, Claude era molto eccitato, pensando alla reazione che avrebbe avuto vedendo il quadro.
Si fermarono in un giardino e si sedettero su una panchina, cominciò a scartare la carta intorno al quadro, lo girò e glielo mostrò.
Laura rimase entusiasta, era emozionata e felice.
"È il mio fiore preferito, come hai fatto a saperlo?" gli domandò Laura.
Non lo sapeva, era stata una coincidenza, una casualità.
"Non lo sapevo è stata un'intuizione ispirata da forze divine."
rispose scherzando.
Ritornò subito a essere serio, quando cominciò descrivere le emozioni che aveva provato mentre lo dipingeva.
"Ero eccitato, ti pensavo e continuavo a far l'amore con te".
Laura non riusciva a capire.
"Stavo lì con te, perché non sei ritornato da me?".
Lui non poteva pretendere che lei comprendesse.
"Era un altro modo per esprimere e manifestare le mie pulsioni emotive e sessuali, è vero tu non potevi condividerle con me, ma a me piaceva e anche molto".
Laura era comunque emozionata per aver ricevuto quel dono così pieno di significati.
Stava facendo buio, si avviarono verso la stessa sala da the dove erano stati il giorno in cui si baciarono per la prima volta.
Entrarono, si sedettero allo stesso tavolo, Laura rivide il suo glicine e notò la firma messa sul quadro.
"Ti senti un pittore maledetto?".
Lei intendeva riferirsi ai caratteri che possedevano i poeti dell'Ottocento aderenti alla corrente letteraria del

maledettismo. I poeti maledetti erano artisti di talento che, incompresi, rigettavano i valori della società, e conducevano uno stile di vita provocatorio, pericoloso, asociale o autodistruttivo, consumando alcol e droghe.
"Assolutamente no!"rispose Claude.
Lui aveva scelto quello pseudonimo perché era affascinato dal significato apparente che quel termine esprimeva.
Completa trasgressione di regole morali, indipendenza emotiva, libertà psicologica e sociale.
Non le disse però i significati che avevano per lui e soprattutto non manifestò il desiderio inconscio di poter essere un uomo con quelle peculiarità e quei tratti distintivi.
Lui disse ancora:
"Non c'è un motivo specifico, un nome vale l'altro. Io mi preoccupavo esclusivamente per te, non volevo che tuo marito potesse scoprire la nostra storia".
Pensò anche che avrebbe dovuto giustificare la provenienza del quadro.
"Potresti dimostrare la provenienza?"
"Non ti preoccupare, se dovesse chiedermi qualcosa, gli dirò di averlo acquistato da un pittore di strada".
Finirono quella conversazione, stava diventando noiosa.
Si presero il loro the, lui lo scelse alla liquirizia, era assolutamente gustoso e delicato.
Laura, mentre lo assaporava, continuava ad ammirare il suo quadro.
Le venne in mente una leggenda giapponese che riguardava quel fiore, non volle, per scaramanzia, raccontarla, era triste e dolorosa.
Chissà se in futuro avrebbe voluto rivelarla.
Con in mente la leggenda del glicine, lo baciò intensamente, lui non era particolarmente affettuoso, lei invece era molto espansiva e amorevole.
"Andiamo da te?" gli disse.
Lui era emotivamente soddisfatto e appagato, non voleva fare l'amore.
"Non ho voglia, sto molto bene così".
Laura accettò a malincuore la sua decisione, stavano quasi per alzarsi e uscire dal locale, quando squillò il cellulare di Claude.
Pensò che potesse essere Nicole, anche se l'aveva sentita poco prima.
Prese il telefono, sul display, apparve il nome di una sua amica pittrice di Parigi.
Rispose, davanti a Laura. Il suo viso si illuminò, provò molto piacere nel sentirla.

Era perché aveva  un po' di nostalgia della sua città, dei suoi amici e di Nicole.
"Ciao Isabelle, comment ça va?"
 "Trés bien et toi?"
"Moi aussi, merci."
Continuarono a parlare in francese. Laura non conosceva quella lingua.
Claude le chiese della vita a Parigi e di come stessero gli amici pittori di Montmartre.
Isabelle non si dilungò oltremodo nella risposta, voleva dargli una notizia.
"Claude, demain, je viens a Rome, tu peut rester avec moi?"
Le rispose, allontanandosi da Laura
"Oui, absolument, quand tu arriverà, tu me peut appeler".
Finì la telefonata e ritornò da lei, che nel frattempo aveva infilato il cappotto ed era pronta per andar via.
Uscirono dal locale, lei non disse niente per circa dieci minuti, Laura aspettava che lui parlasse della sua amica, non sopportava non sapere chi fosse e cosa si fossero detti al telefono, aveva solo potuto intendere che era una donna di nome Isabelle.
Ma Claude non aveva nessuna intenzione di farlo.
Lei fece ugualmente la domanda.
"Chi era al telefono?"
"Era una mia amica pittrice di Parigi, con cui spesso espongo".
Claude allora capì il perché del suo silenzio, dopo che erano usciti dalla sala. Tenne lo stesso atteggiamento di quando in galleria lui ricevette la telefonata dal suo amico di Parigi.
Laura non rinunciò, continuò nelle sue richieste.
"Che cosa voleva da te?" domandò.
"Voleva farmi un saluto." rispose lui.
"Tutto qui? Sei stato al telefono molto tempo."
"No, mi ha detto anche che domani arriverà a Roma e che vuole passare qualche giorno con me".
Laura divenne sempre più oppressiva e invadente.
"Magari dorme anche da te?" gli disse.
Claude non tollerava questo suo atteggiamento.
"No, non dorme da me e poi smettila di farmi questo interrogatorio. Sei ossessivamente gelosa, è sola un'amica".
Laura replicò pacatamente:
"Non sono gelosa è che ti amo e…".
Il pittore francese alzò il tono della voce.
"Smettila! Non ho fatto niente di male, non provo amore per Isabelle, solo una fortissima amicizia. E poi, cosa c'entra che mi ami?".

Lei non riuscì a dare una spiegazione ragionevole, rimase in silenzio e finì tutto.
Andarono alla fermata della metropolitana, l'avrebbero presa nelle direzioni opposte.
Si salutarono con un semplice bacio sulla guancia, si sarebbero sentiti il giorno successivo.
Claude arrivò a casa, si sedette sul divano, pensò e rifletté a tutto ciò che si erano detti in quella giornata e all'atteggiamento tenuto da Laura.
Era stata gelosa, senza che ce ne fossero stati veri motivi per esserlo.
Non era riuscito ancora a capire compiutamente tutti gli aspetti presenti nel suo inconscio, che lei non percepiva e non conosceva. Doveva subirne solo le conseguenze di quegli aspetti.
La sua gelosia probabilmente nascondeva forti problematiche con le donne.
Ricordò quando gli disse che lei non era una ruba uomini, quando intuì il suo complesso inconscio di inferiorità nei confronti di sua madre, una esagerata identificazione con la madre che l'aveva portata a innamorarsi di Claude, in quanto somigliante all'amante di sua madre.
Claude non poteva sapere i motivi del suo stato, ma sapeva del suo disagio psicologico ed emotivo e soprattutto della sofferenza che provava.
Non aveva più forza, era stanco, non voleva più pensarla, il giorno dopo avrebbe dovuto dedicarsi al quadro che aveva iniziato e che desiderava terminare il prima possibile.
Inoltre, Isabelle l'avrebbe potuto chiamare, non sapeva a che ora sarebbe arrivata.
Andò a dormire, non particolarmente felice di come si fosse svolta quella giornata con Laura.
La stava conoscendo in maniera sempre più approfondita e quel che scopriva di lei non gli piaceva, anzi gli dava noia e fastidio.
Non comprendeva da cosa potesse derivare quella sensazione di fastidio, avrebbe dovuto continuare a cercare dentro di sé, per trovarne le cause.
Non lo spaventava, aveva iniziato a farlo da un paio di anni, aveva da poco terminato un doloroso e faticoso percorso di psicanalisi.

# L'AMICA DI PARIGI

Si svegliò molto presto quel giorno, prese il caffè, si fumò la prima sigaretta della giornata e con ancora addosso il pigiama, si avvicinò al grande quadro.
Guardava con attenzione tutte le parti che lo componevano, cominciò a pitturare freneticamente, aveva fretta e paura di non riuscire a terminarlo nei tempi prestabiliti.
Quando dipingeva con quella modalità, i risultati erano pessimi.
Tutta la base di legno era stata riempita di colore, avrebbe dovuto definire meglio le alte onde del mare; il cielo era perfetto, caratterizzato da intensi contrasti di luce e oscurità.
Arrivò un messaggio sul suo telefono, era Isabelle:
"Sono arrivata, scrivimi il tuo indirizzo di Roma, prenderò un taxi per venire da te.".
Claude scrisse nel messaggio di risposta l'indirizzo.
Pensò a lei, era una bellissima donna: alta, bionda, con dei grandi occhi azzurri e dei lineamenti di viso delicati e leggeri.
Erano da sempre stati ottimi amici, si aiutavano e confidavano.
Sapevano tutto di loro, si conoscevano da molti anni e si stimavano profondamente.
Aspettava il suo arrivo e nel frattempo contemplava il quadro, individuò tante modifiche da apportare, per non perderle le realizzava immediatamente.
Il suo atteggiamento convulso si placò, le sue correzioni furono soddisfacenti per definirlo cosi come lo immaginava.
Per un attimo brevissimo, il suo pensiero andò a Laura, si chiese come avesse passato la notte.
Decise di chiamarla, anche se non sapeva se avesse potuto rispondergli.
Era andata a scuola, aveva lezione o qualcos'altro, comunque non rispose.
Si vestì, scese al bar sotto casa, bevve il suo solito cappuccino e seduto al tavolino si accese la sigaretta della colazione.
Lei non l'aveva ancora richiamato, pensò di inviarle un messaggio.
Le scrisse come stava, e se il marito avesse potuto notare il suo quadro.
Claude sentiva che non avrebbe risposto, il motivo sarebbe stato sempre lo stesso: una gelosia eccessiva.

Vide arrivare un taxi, si fermò davanti al portone della sua casa.

Scese una donna, era bionda, alta, la guardò, era Isabelle.

Si era tagliata i capelli, la chiamò e lei si girò verso di lui.

Si abbracciarono affettuosamente, era una donna ottimista e allegra, con una sensibilità e una capacità di donare fuori dal comune.

Era già passata in albergo a lasciare i suoi bagagli.

Decisero subito di visitare la città, fecero lo stesso giro che lui aveva effettuato il giorno dopo quello dell'inaugurazione.

Isabelle rimase affascinata da tutti i monumenti che poté vedere quel giorno con Claude, scattava fotografie senza sosta, alcune le avrebbe utilizzate per farne dei quadri, che non avrebbe venduto ma sarebbero stati appesi dentro la sua casa a Parigi.

Claude era a completa disposizione della sua amica, aveva un debito infinito nei suoi confronti.

Nei momenti di forte depressione, vissuti a seguito della separazione con la moglie, Isabelle gli era stata vicino, sempre pronta ad ascoltarlo e a sentire i suoi pianti e le sue sofferenze.

Lei conosceva la sensibilità del suo amico pittore e l'amore che aveva provato per la sua ex, ma soprattutto un'interiorità e una capacità di leggere nell'anima degli esseri umani che poche persone possedevano.

La loro relazione era di amicizia, alcuni rapporti possono essere soltanto in un determinato modo e non in nessun altro.

Non pensarono mai di essere fidanzati o compagni, erano troppo uguali per esserlo.

Era pomeriggio, avevano percorso molti chilometri, videro che in un grande museo di Roma c'era una importante mostra sulla pittura dei macchiaioli.

Lei amava molto quella corrente pittorica italiana dell'Ottocento, era molto simile alla pittura degli impressionisti francesi.

Isabelle avrebbe voluto vederla, decisero che l'ultimo giorno della sua permanenza, sarebbero andati a vederla e il giorno successivo sarebbe ripartita per Parigi.

Era il giorno successivo a quello in cui Claude ci sarebbe andato con Laura. Vedere la stessa mostra in due giorni non era piacevole, ma non voleva deludere Isabelle e tanto meno la donna dai capelli rossi.

Si ritrovarono a piazza Navona, la galleria era vicina a questa fantastica piazza. Riconobbe la strada per arrivarci,

voleva farle vedere il luogo dove aveva esposto i suoi quadri.
Arrivarono in pochissimi minuti, Mario era presente, gli presentò la sua amica. Lui non l'aveva vista il giorno in cui aveva incontrato Claude a Montmartre, Isabelle allora non esponeva. Il gallerista non poté ammirare i suoi delicati e leggeri acquarelli di fiori e frutta.
Era quasi sera, salutarono Mario, volle farle vedere il lungotevere illuminato da Ponte Sisto a Ponte Garibaldi, che non aveva nulla da invidiare al lungosenna a Parigi.
Entrarono a Trastevere da piazza Trilussa, Isabelle fu affascinata da tutte quelle case, al massimo di tre piani, con piccole finestre, dalle quali s'intravedevano antiche travi di legno e affreschi antichi del '600.
Stavano bene insieme, sembravano dei coniugi in viaggio di nozze, così potevano apparire alle persone che incontravano.
Trovarono una trattoria tipica romana, tavoli apparecchiati in maniera semplice con sopra una candela accesa, per dare un tocco di pseudo romanticismo.
Claude le consigliò alcuni classici piatti romani che a lui piacquero molto, quando li ebbe assaggiati. Isabelle li apprezzò, e apprezzò la sua solita disponibilità.
Non avevano parlato di come fosse andata la mostra, Claude non voleva farlo, ma la sua amica glielo chiese:
"Hai un aspetto felice e rilassato, è andata come ti aspettavi la mostra?".
Fece un leggero sorriso di soddisfazione e rispose:
"Bene, molto meglio di come mi sarei mai potuto immaginare. Ho addirittura ricevuto una commessa da un cliente di Mario, è per questo che non sono ancora tornato a Parigi".
Isabelle era contenta per lui, fra loro non c'era invidia e gelosia, come spesso invece è presente fra molti pittori, anche se velata e mai manifestata apertamente.
Claude le chiese se avesse voluto esporre anche lei a Roma, magari nella galleria di Mario. Non rispose, non lo sapeva, non aveva mai preso in considerazione questa ipotesi.
Era molto tardi, si avviarono verso casa, Claude voleva farle vedere il quadro di grandi dimensioni che stava dipingendo. Lei era molto stanca, aveva bisogno di tornare in albergo per poter finalmente finire quella lunga giornata.
L'accompagnò a una fermata dei taxi, si salutarono, non si sarebbero rivisti il giorno successivo, ma fra due.
Claude doveva completare il quadro, o almeno cercare di fare il più possibile e poi avrebbe voluto vedere Laura.

Lui invitò Isabelle a recarsi a casa sua per ammirare la sua ultima creazione quando si sarebbero rivisti, lei accettò volentieri.
Aveva bisogno di essere rassicurato, sulla bellezza del quadro.
Salì a casa, accese la televisione, doveva solo fargli un po' di compagnia e aiutarlo a prendere sonno.
Era quasi mezzanotte, Laura non aveva né chiamato, né inviato un messaggio, lui avrebbe voluto chiamarla, ma ormai era troppo tardi.
L'aveva previsto il suo silenzio, era inutilmente arrabbiata.
Domani non si sarebbero potuti incontrare, lui aveva voglia di fare l'amore con lei, desiderava provare quelle forti emozioni che solo lei era riuscita a fargli provare fino ad allora nella sua vita. Non sopportava rinunciare a momenti di piacere intensi e piacevoli, ma non poteva fare altrimenti.
Il giorno seguente si sarebbe dedicato a terminare il quadro, non l'avrebbe concluso, ma sarebbe stato pronto per effettuarci i ritocchi finali.
Andò a dormire, non pensò a Laura e tantomeno a Isabelle.
L'ultimo pensiero fu per Nicole, domani poteva acquistarle i doni che le aveva promesso, il negozio di giocattoli si trovava nei pressi della galleria di Mario, non molto distante da casa.
La notte passò in maniera serena, la mattina fece lentamente tutte le sue cose, si trovava in uno stato di torpore.
Il solito caffè, la solita sigaretta, la solita doccia.
Bighellonò per circa un'ora, finalmente ritrovò un leggero stimolo, si approssimò al quadro.
I colori stesi sul piatto erano ancora freschi, cominciò a dare i primi colpi di pennello, erano efficaci, non dovette ripassarci. Sono le pennellate più soddisfacenti, con un lieve impegno si ottengono risultati eccellenti.
Fu una giornata più che positiva, il quadro era quasi terminato.
Chiamò Mario, lo informò dei progressi che erano stati fatti e che fra due o al massimo tre giorni poteva essere consegnato all'acquirente.
Smise e uscì recandosi ad acquistare i giochi per Nicole.
Era felice quando poteva accontentarla. Comprò le bambole che le aveva promesso: Musa e Stella, questi erano i loro nomi. Se li fece incartare con una bella carta colorata e natalizia.

Si fece un bel giro in quella parte di Roma, era tranquillo e rilassato. Un unico dubbio lo assillava: era indeciso se chiamare Laura.
Non sapeva dove e con chi fosse, poteva stare con il marito, per non rischiare, le inviò un messaggio.
"Ancora gelosa?"
Passarono diversi minuti, ma lei non rispose.
Non ci pensò, continuò la sua passeggiata, era il momento di chiamare Nicole.
Il telefono fece appena tre squilli.
"Pronto papà, era ora che mi chiamavi".
Lo disse con un respiro affannoso.
"Hai corso per venire a rispondere?" le chiese lui.
"Sì papà, non volevo far partire la segreteria, come stai?"
"Benissimo amore, ho preso la sorpresa per te".
Nicole fece una puntualizzazione, per lei essenziale.
"Papà devono essere due le sorprese."
"Sì sono due, stai tranquilla".
A lei, più delle sorprese, interessava però sapere quando sarebbe ritornato.
"Fra quanti giorni torni papà?"
Non lo sapeva di preciso.
"Fra una settimana sarò da te."
Nicole fu felice di questa notizia, poteva stare con il padre il giorno di Natale.
Claude non sapeva più cosa fare quel pomeriggio, ritornò a casa, si mise a dormire. Si svegliò alle sette di sera, vide un messaggio sul cellulare, era di Laura.
"Domani sono libera tutto il giorno, vengo da te in mattinata?"
Il giorno seguente, Claude si sarebbe incontrato con Isabelle, le rispose non pensando alla sua reazione:
"Sì va bene, così potrai conoscere Isabelle".
Laura in maniera scocciata:
"Viene da te?"
"Sì, ho urgenza che lei veda il quadro, ho bisogno del suo parere, su come sta venendo".
Laura non aveva intenzione di vederla e conoscerla, lo ribadì con decisione:
"Non voglio stare con te insieme a lei, non voglio scoprire cose dolorose e sgradevoli, vedendovi. Sappi, comunque, che mi manchi e voglio vederti il pomeriggio, senza di lei."
Claude accettò, si sarebbero visti nella sua casa.
Laura aveva sempre lo stesso atteggiamento, non credeva a quello che diceva, le mancava il senso della realtà, s'immaginava storie, fatti, non riusciva a fidarsi di lui, era troppo insicura per farlo.

Era il classico comportamento di una persona dipendente, passiva, carente di autostima. Nessuno poteva amarla quanto lei avrebbe voluto, perché lei credeva di volere amore, in realtà cercava qualcuno che potesse farle sentire che esisteva, ma così, sarebbe esistita sempre tramite un altro. L'altro doveva essere tutto per lei perché senza di lui sarebbe stata niente. Non lo poteva capire, era nascosto nella profondità del suo inconscio e lì sarebbe rimasto per sempre se non trovava una persona in grado di aiutarla.
C'era stata un'identificazione malata, Laura era un'estensione della madre, lei era mancante di una sua identità distinta e separata da quella della madre. Ciò aveva creato una dipendenza e un'incapacità a separarsi da lei, nonché una incapacità a confrontarsi con lei.
Amare il pittore avrebbe significato perpetrare quel forte legame con la madre, significava ricreare un rapporto vivo e fisico con lei, dopo la sua morte. Lei non avrebbe potuto porre rimedio alla separazione forzata, imposta dalla fine della vita, se non ci fosse stato il suo pittore maledetto.
Laura continuava ad amare fisicamente la propria madre amando Claude.

# LA LEGGENDA DEL GLICINE

Fece i ritocchi finali al quadro, voleva che Isabelle lo vedesse compiuto in ogni sua parte.

Era soddisfatto, la sua creazione gli piaceva, allora perché chiedere all'amica di esprimere il suo punto di vista?

Avrebbe potuto sconfiggere le sue insicurezze e le sue paure in relazione all'accettazione che cercava dagli altri, se piaceva a Isabelle non importava se non era apprezzato dagli altri.

Oppure ancora, ricevere un'opinione positiva gli avrebbe consentito di giustificare sentimenti esibizionistici senza sentirsi ridicolo ed evitando di vergognarsi nel provarli.

Si riferiva a un sano ed equilibrato esibizionismo, che gli poteva far sentire un senso di autostima e non di protagonismo estremizzato, infantile, e fastidioso.

Alcune volte chiedeva il parere e lo ricercava, ovviamente positivo, quando sapeva che il quadro non gli piaceva, così avrebbe potuto lenire quella mancanza di piacere e felicità interiore.

Claude non seppe però darsi una risposta, stava per arrivare Isabelle, si preparò velocemente e scese in strada per attendere il suo arrivo.

Dopo dieci minuti, giunse un taxi, lei scese, si baciarono e presero un caffè espresso nel solito bar sotto casa.

Claude non voleva più che lei salisse a vedere il suo quadro, invece Isabelle desiderava farlo e gli disse:

"Allora, andiamo su da te, sono curiosa di vedere la tua opera d'arte".

Ci pensò un momento, e rispose:

"Ti va veramente?"

"Ma certo" replicò lei.

Salirono, entrarono in casa, confusione e disordine stavano dappertutto.

Lei vide il quadro posto sul cavalletto, rimase sbalordita dall'intensità del soggetto. Tormento e inquietudine uscivano dal quadro portati dalle altissime onde, che le trasmettevano angoscia e senso d'impotenza.

Stette in silenzio per alcuni minuti, poi, si rivolse a Claude e gli disse:

"Un quadro così pieno di significati opposti non l'avevi mai dipinto: luce e oscurità, vita e morte, calma e movimento. Che ti è successo? Hai conosciuto una donna?".

Claude rispose con un leggero ghigno:

"Ma che dici! È l'emozione di stare in questa bella città".

Lui era felice degli apprezzamenti che Isabelle aveva fatto al suo quadro, era riuscito a eliminare l'ansia derivante dal fatto che la sua rappresentazione avrebbe potuto non piacere al signor Di Stefano.
Claude non parlò più con lei del quadro, pensava a Laura, a quello che avrebbero fatto il pomeriggio.
Decisero di uscire, lui era silenzioso, non sapeva cosa dire. Isabelle voleva visitare il Colosseo, Claude accettò, sarebbe dovuto ritornare a casa per le quattro del pomeriggio.
Presero un autobus, arrivarono in un tempo breve all'anfiteatro Flavio.
Scesero a Piazza Venezia, passeggiarono lungo i Fori Imperiali, poterono vedere il Palatino, i Mercati Traianei e arrivarono finalmente al Colosseo.
Era imponente e maestoso, se non ci fossero state le auto e gli autobus, sarebbe sembrato davvero di vivere in quel periodo storico. C'erano anche i figuranti, mascherati da soldati della legione romana che si facevano fotografare con i turisti.
Claude non avrebbe voluto smettere quel loro giro turistico, ma con molta delicatezza e tanto dispiacere le disse:
"Dobbiamo interrompere la nostra passeggiata, ho un appuntamento importante con un cliente di Mario, il gallerista, ricordi? Te l'ho presentato".
Non voleva dirle nulla di Laura e dell'appuntamento che aveva con lei.
Isabelle non sembrò particolarmente dispiaciuta, si sarebbero nuovamente visti il giorno seguente per andare alla mostra dei pittori macchiaioli.
"Non ti preoccupare, sei stato molto carino a farmi compagnia in questa bellissima giornata".
Gli diede un bacio, prese la metro, la fermata stava proprio nei pressi del Colosseo, lui invece riprese lo stesso autobus dell'andata.
Arrivò sotto casa, non salì, decise di aspettare Laura fuori dal portone del palazzo. Attese dieci minuti, la vide arrivare con un passo molto lento, testa bassa, non lo guardò da lontano.
I suoi atteggiamenti esteriori facevano percepire lo stato d'animo di Laura, non era particolarmente allegra, anzi sembrava arrabbiata e dispiaciuta.
"Ciao come stai?" le chiese.
Con un atteggiamento distaccato e freddo, la donna rispose:
"Bene"
"Non mi sembra che tu stia così bene" replicò lui
Laura rispose in maniera adirata.

"Vuoi che rida o pianga, dimmelo tu come devo essere, hai
deciso che atteggiamento devo tenere?".
Claude era riuscito a farle perdere il controllo, non gli
interessava farla irritare, voleva solo comprendere il suo
stato d'animo.
Le sue sensazioni erano di tristezza, i giorni scorrevano
veloci, la partenza del suo pittore si stava avvicinando.
Avrebbe voluto passare più tempo con Claude, lui invece
stava con Isabelle a passeggiare per Roma.
Un sentimento di separazione e di fine determinò in lei
emozioni pessimistiche circa l'amore che Claude nutriva nei
suoi confronti.
"Non mi ami vero, Claude?" domandò Laura.
"Lo sai cosa provo per te…" rispose lui.
"Sì, quando stai con me, senti forti emozioni, mi vuoi bene,
ecc., ma non è amore!" replicò lei.
Claude non capiva il motivo di questo suo lacerarsi, non
poteva sapere che lei stava già pensando a quando lui
sarebbe dovuto ripartire per Parigi.
Era incapace a vivere alla giornata, nella sua testa aveva
già vissuto tutti i giorni che mancavano alla partenza di
Claude e alla loro separazione.
"Non sopporto queste stupide lagnanze, voglio vivere belle
emozioni con te, e non sprecare tempo in piagnistei
dolorosi." disse lui.
Non servì a niente, l'emotività di Laura era fortemente
radicata in lei.
"Questa mattina ho scritto una lettera per te. Te la posso
leggere."
"Sì, di che si tratta?"
"È la leggenda del Glicine."
Cominciò a leggerla:
"Una leggenda giapponese racconta di una fanciulla
bellissima raffigurata in un dipinto. Un giorno il pittore
espose il suo quadro nella fiera di un villaggio. Passò un
giovane che rimase colpito dall'immagine raffigurata nel
quadro e sostò ad ammirarla.
La fanciulla s'infatuò dell'uomo, uscì dalla tela e cominciò
a danzare sotto un glicine frondoso, esprimendo i sentimenti
profondi che provava per l'uomo.
Il giovane turbato, poiché non ricambiava l'affetto di lei,
fuggì via.
La fanciulla triste e disperata rientrò dentro il quadro e
le sue lacrime si trasformarono in petali di glicine. Il
fiore sta a simboleggiare il sentimento non corrisposto,
l'amicizia tenera e profonda che non diventerà mai amore".
Claude prese la lettera, la rilesse attentamente e le disse:

"Io non fuggo, sto qui a vivere i miei sentimenti, che non sono d'amore, sono qualcos'altro, ma non scappo. Sei tu che continui ad assillarmi con la tua continua richiesta di amore e non fai altro che chiedermi se ti amo".
Lei ribadì con una voce soffocata:
"Io ti amo"
"Ma io no! Mi sento soffocato, costretto ad amarti, sei asfissiante. Non puoi pretendere che gli altri siano e si comportino come vuoi tu".
Laura non l'aveva mai visto così fuori di sé. Si spaventò, non disse più niente.
Claude si accorse di aver avuto una reazione esagerata e spropositata, notò sul viso di lei sentimenti di paura.
"Scusa, ho avuto un atteggiamento eccessivamente violento" disse lui.
C'era una forte tensione fra loro, se ne andò in soggiorno, voleva stare solo, doveva pensare.
Si sedette sul divano e chiuse i suoi occhi. Non comprendeva quel comportamento e il perché di quella reazione così dura.
Aveva imparato durante gli anni di analisi che per spiegare gli atteggiamenti comportamentali che si tenevano da adulti si sarebbe dovuti ritornare al periodo dell'infanzia, alla relazione che si aveva avuto con i propri genitori.
La sua emotività era viva e in subbuglio, nella sua mente comparvero immagini di quando a sei/sette anni voleva fuggire da sua madre, dai suoi controlli, dai suoi sottili e velati obblighi a stare con lei, senza poter ricevere amore, ma freddezza e anaffettività. Se lui non l'avesse amata avrebbe potuto non riceverlo quel suo pseudo amore. Era una sorta di giustificazione, ma non era riuscito a dare completa esecuzione a quel meccanismo psicologico, i suoi sensi di colpa erano forti, intensi e poteva farvi fronte solo ricorrendo ad atteggiamenti rabbiosi.
Non sopportava imposizioni su chi amare e come amare, ma non aveva la forza interiore per sostenerle.
Aprì gli occhi e andò da lei.
"Come stai?" le disse Claude.
Laura aveva considerato il proprio comportamento e rispose:
"Bene, ho pensato che a volte non considero i sentimenti degli altri, penso solo ai miei desideri, e non accetto i rifiuti da parte loro".
Claude rimase sorpreso della sua riflessione, come poteva conciliarsi con le sue continue lamentele e le sue lagnanze che aveva manifestato fino ad allora.
Non seppe darsi una risposta, non ci dedicò tempo a trovarla. Non aveva voglia di pensare, chiese a Laura se volesse uscire, lei condivise quel suo desiderio.

Uscirono, erano emotivamente svuotati entrambi, passeggiarono con molta calma e tranquillità, girarono senza sapere dove andare, senza una meta fissa.
Non provavano una voglia profonda e reciproca di stare insieme, i momenti di silenzio erano continui, e quando parlavano, i loro argomenti erano banali e insignificanti, aspettavano che il tempo passasse per lasciarsi e aspettare il nuovo giorno.
Giunse il momento di separarsi, si salutarono, senza dirsi se il giorno seguente si sarebbero rivisti.
Claude ritornò a casa, non l'avrebbe rivista, l'indomani aveva appuntamento con la sua amica francese, era meglio così.
Aveva voglia di distrarsi, la relazione con Laura stava diventando complicata e faticosa, non voleva e non poteva essere quello che lei avrebbe voluto che fosse.
Stette in soggiorno, al buio e in silenzio, chiamò Nicole al telefono. La bambina non rispose, non riprovò a chiamarla, le inviò un messaggio.
"Mi manchi tanto e ti voglio tanto bene".
Non rispose Nicole, Claude decise di andare a letto, voleva addormentarsi.
Non ci riuscì, si alzò, si vestì e uscì di nuovo.
Passeggiò per tutta la notte, trovò un bar aperto, bevve senza esagerare, ritornò a casa stanco, avrebbe voluto dormire.
Erano le cinque del mattino quando prese finalmente sonno, dormì poco. Alle dieci, sentì suonare il citofono, era Isabelle.
La fece salire, la nottata di Claude era stata atroce, aveva avuto incubi rabbiosi.
Aprì la porta, era insonnolito:
"Buongiorno Isabelle"
"Buongiorno a te Claude, ma hai una faccia da schifo, che hai fatto questa notte?".
Con la bocca impastata rispose:
"Mi sono addormentato tardi e ho bevuto qualche birra di troppo, però non ti preoccupare mi riprendo subito".
Lei credette a quello che l'amico le disse.
Claude si preparò velocemente, uscirono, era tardi, andarono comunque a piedi al museo.
Appena entrati, rimasero stupefatti delle grandi opere d'arte che poterono subito vedere. Erano esposti i quadri di tutti i più grandi pittori: Signorini, D'Ancona, Banti, Fattori e tanti altri.
Claude stava in uno stato di estasi, era eccitatissimo, passava da un dipinto all'altro, non sapeva quale guardare

prima. Due pittori colpirono però la sua emotività. Banti per la delicatezza e la leggerezza dei colori e delle tonalità usate, e Giovanni Fattori per la forza e la potenza dei soggetti rappresentati, in particolare rimase affascinato dal quadro dal titolo "Libecciata".
Un vento di Libeccio con folate violente imperversava la spiaggia rocciosa, piegando gli alberi imponenti presenti. A Claude sembrava di esserci su quella costa, di sentire il vento che gli veniva addosso e che lo spostava contro la sua volontà.
Girarono il museo con molta calma, videro i quadri esposti più volte, passarono molte ore lì dentro, si sentiva estraniato da tutto e da tutti.
Isabelle non provava lo stesso coinvolgimento emotivo di Claude, lei apprezzava soprattutto la tecnica pittorica dei pittori macchiaioli.
Senza accorgersene, arrivarono alle quattro di pomeriggio. Claude la invitò ad andare a casa sua per riposarsi e poi a uscire nuovamente per andare a cena.
Lei accettò il suo invito, andarono senza fretta, parlarono delle impressioni e delle sensazioni che avevano provato nella visita di quella mostra unica.
Claude aveva bisogno di riposo, considerato come aveva passato la notte precedente.
Isabelle si mise sul divano e lui si sdraiò sul letto. Stava quasi per addormentarsi, quando il suo cellulare squillò, era Laura.
"Ciao Claude, sei a casa?" gli chiese.
Lui non aveva voglia di rispondere.
"Sì sto a letto, sono un po' stanco, sono appena rientrato con Isabelle, dalla visita alla mostra dei macchiaioli".
Laura non sapeva che ci sarebbe andato anche con lei.
"Non dovevamo andarci insieme domani?"
"Certo ci andremo insieme".
Non rispose subito attese qualche secondo.
"Non posso più andare, ho un impegno a scuola"
"Va bene ci sentiremo domani, ciao".
Non voleva parlare oltre, era ovviamente una scusa il motivo addotto da Laura, ma a Claude andava bene così.
Si addormentò, dormì per circa una trentina di minuti. Si svegliò riposato e fresco, era pronto per uscire.
Prima, decise di chiamare Mario, l'indomani non avendo impegni, avrebbe potuto consegnargli il quadro.
Lui era disponibile, sarebbe andato con l'auto a casa di Claude e l'avrebbe preso e portato in galleria. Nel pomeriggio, poi, sarebbe venuto il signor Di Stefano a prenderlo.

Uscirono, lui la guardò nello stesso modo in cui la guardava sempre, ma una insolita sensazione gli pervase la mente: Isabelle gli apparve una persona diversa o forse era lui che la vedeva con occhi diversi.
Non sembrava quella la donna sicura di sé sempre pronta a consolarlo e rassicurarlo in ogni occasione e in ogni momento di sua difficoltà. Claude non aveva mai pensato a lei come a una persona normale, con i propri desideri, i propri limiti, le proprie paure. L'aveva considerata sempre in funzione dei suoi bisogni, non aveva mai provato a guardarla senza mettere in primo piano i suoi problemi affettivi.
La guardò fissa negli occhi, percepì un senso di tenerezza e dolcezza presenti dentro di lei, non le disse niente. Non vedeva in lei quella grande forza e quel senso di onnipotenza che esprimeva con atteggiamenti di autonomia, indipendenza, ma anche generosità e disponibilità nei confronti degli altri.
Claude voleva sapere, però, se fosse una sua impressione o fosse la realtà e così non poté fare a meno di chiederglielo:
"Oggi ti sento diversa, è una mia sensazione oppure sei veramente così?".
Isabelle si fermò, lo guardò negli occhi e gli disse:
"Mi sento diversa, un senso di libertà mi pervade, è come se non dovessi essere obbligatoriamente l'Isabelle che tutti sono abituati a conoscere."
"Chi ti obbliga?" replicò Claude.
La conversazione si stava facendo alquanto complicata e intensa.
"Nessuno, è come se una parte di me mi costringesse a interpretare un ruolo, che non sempre si concilia con il mio vero sé. Vorrei non essere sempre quella donna perfetta e forte in grado di non aver bisogno degli altri e soprattutto poter vivere i miei difetti e i miei limiti senza timore di sentirmi sbagliata".
Claude tentò di spiegarle ciò che comunicava con il suo atteggiamento, ma soprattutto il messaggio che gli altri ricevevano.
"Ti vedono come una donna sempre pronta e disponibile, che non ha bisogno di niente e di nessuno e nello stesso tempo preoccupata di opporre una chiusura emotiva e affettiva difficile da penetrare e capire da chiunque".
Nei momenti di difficoltà che la vita le aveva messo davanti, non aveva mai chiesto aiuto a nessuno, era riuscita da sola a superarli con estrema fatica e solitudine.
Isabelle allora, stava abbassando le sue barriere emotive che aveva eretto per proteggersi dai sentimenti dolorosi.
"Claude ho voglia di lasciarmi andare, abbracciami, ti prego".

Era come se avesse tenuto dentro di sé la sofferenza e il dolore di tutta la propria vita.

L'abbracciò stretta, le fece sentire il calore e il suo affetto. Per la prima volta era lui che poteva fare qualcosa per quella bellissima persona ed era orgoglioso che lei si fosse affidata a lui.

Passeggiarono mano nella mano, Isabelle provava un senso di abbandono e leggerezza, non aveva confidato mai nessuno quella sua emotività, non ne aveva avuto mai piena e completa coscienza, e poi era troppo orgogliosa per farlo.

Claude decise di portarla a cena dalla sua amica, gli faceva piacere rivederla e anche lei sarebbe stata felice.

"Ti porto in un ristorante antichissimo, in cui la proprietaria è una signora anziana dolcissima, vedrai ti piacerà".

Isabelle accettò, avrebbe accettato qualunque scelta che lui avesse fatto, era finalmente piacevole lasciarsi guidare.

Arrivarono, lei stava all'entrata, si baciarono affettuosamente. Le presentò Isabelle, la signora fece una battuta in romanesco, con riferimento a lei, che non capirono ovviamente.

Si capiva però chiaramente il calore e l'affettuosità di quell'anziana signora, lo percepì anche Isabelle.

Mangiarono pietanze a menù fisso, erano gustose come quelle che aveva mangiato la prima volta, quando era venuto con Mario.

Isabelle apprezzò la sua cucina, a Parigi non aveva mai mangiato in quella maniera.

Si salutarono cordialmente, andarono, era molto tardi, domani avrebbe dovuto prendere l'aereo alle otto. Claude l'accompagnò alla solita fermata dei taxi, un senso di dispiacere si stava insinuando dentro di loro. Non aveva senso provare quei sentimenti dolorosi, si sarebbero rivisti fra quattro giorni a Parigi, ma sapevano entrambi che non sarebbero state le stesse persone, così come diverso sarebbe stato il loro rapporto che avrebbero ricominciato a vivere.

Molte relazioni si svolgono in maniera diversa a seconda di quando e dove si svolgono, quella loro fu una di quelle. Si salutarono con una sensazione di fine, era come se quei due individui non si sarebbero mai più rivisti nella loro vita.

Isabelle lo baciò delicatamente sulle labbra, lui chiuse gli occhi, le fece una carezza su una guancia, si girò e se ne andò.

Ritornò a casa, non si addormentò immediatamente, pensò a Isabelle. Si era mostrata in maniera vera, quella sera, era ancora più bella e più umana.

A Volte, nel passato, lui aveva provato imbarazzo nei suoi confronti. Tale atteggiamento derivava però da una sua incapacità a confrontarsi con donne carismatiche, sicure di sé e con un notevole fascino, come lo era stata sua madre nella sua infanzia.
Claude sapeva che non esisteva donna più carismatica e fascinosa di sua madre, ma lei non aveva corrisposto ai suoi atteggiamenti affettuosi, così un senso di inadeguatezza, incapacità e rifiuto lo aveva inondato e lui bambino indifeso dovette imparare ad accettare il suo silenzio, la sua freddezza e la sua anaffettività.
Claude aveva rinunciato al suo amore e a tenere comportamenti diretti a conquistarla, si accontentava di vederla e a godere di un amore esclusivamente visivo. Lei e nessun altro gli avrebbe potuto impedire di amarla con i suoi occhi.
Quel meccanismo emotivo così radicato in sé lo riproponeva ogni volta che incontrava una donna sbalorditiva ed emozionante, che per lui rimaneva irraggiungibile nella sua testa e nel suo cuore.
Claude, da adulto, molto adulto decise di non accettare più quelle condizioni, incontrò una nuova madre, anzi una donna travestita da sua madre. Era la sua analista che si sostituì a lei, ci fu intenso scambio emotivo e affettivo, con una donna che stimava e amava. Lei ricambiava, era uno scambio esclusivamente affettivo, assolutamente non fisico ma Claude si sentiva tanto amato.
La loro relazione durò alcuni anni e si concluse con un gesto sorprendente e meraviglioso, che rivelò la guarigione di Claude.
Sulla scrivania dell'analista c'era, ogni qual volta che sosteneva la seduta di psicanalisi, un vaso con dei fiori sempre freschi e splendenti. Claude non poteva far a meno di ammirarli e di parlarne con lei, manifestando il desiderio di realizzarci un quadro.
Claude lo dipinse, non le disse niente, aveva un urgente desiderio di regalarglielo. Non sapeva se l'avrebbe accettato, anzi, sapeva che esisteva un divieto per gli psicanalisti di ricevere regali dai propri pazienti.
Non ci pensò oltre, le fece quel dono d'amore e lei accettò.
Le piacque, manifestò il piacere di quel quadro e lui fu felice.
Aveva superato la paura di non essere amato, aveva imparato che se la sua vera madre non era stata in grado di amarlo in un modo soddisfacente per lui, non sarebbe stato così con le altre donne di cui si fosse innamorato nella sua vita.
Si addormentò finalmente felice e rilassato.

# LA CONSEGNA DEL QUADRO

Claude si svegliò in tarda mattinata, Isabelle era già partita e stava quasi per atterrare all'aeroporto di Parigi, lui si stava preparando in attesa dell'arrivo di Mario.
Passò un'ora, lui ancora non si vedeva, decise di chiamarlo:
"Mario non sei mai in orario, sono stanco di aspettare".
Lui non era quasi mai puntuale e anche quella volta non fu da meno.
"Sto arrivando, non ti spazientire".
Claude invece stava perdendo la pazienza, si era stancato di stare in casa senza fare niente.
Era mezzogiorno, squillò il citofono, finalmente Mario arrivò.
Entrò con molta calma, si avvicinò al quadro.
"È veramente meraviglioso, Claude. Ti sei superato, nessuno dei quadri che hai portato alla mostra era così bello. La paura che provavi quando hai accettato la commessa non aveva alcun fondamento. Non ne comprendo le cause".
Claude conosceva il motivo dei suoi timori, l'aveva scoperto e individuato, ma non riusciva a superarlo ancora in maniera completa.
"Non ti dare pena delle mie ansie, l'importante è che il mio dipinto ti piaccia e soprattutto possa piacere al signor Di Stefano." gli disse.
Insieme presero quella grande tavola di legno, era pesante, bisognava fare attenzione per evitare che potesse cadere.
Era preziosa, valeva tanto per Claude. Faticosamente scesero le scale, la infilarono nell'autovettura e partirono.
Dieci minuti e arrivarono in galleria, un amico di Mario lo aiutò a trasportare il quadro dentro.
L'acquirente sarebbe arrivato alle cinque, Claude non sapeva dell'orario, avrebbe dovuto attendere molte ore lì in galleria.
Avrebbe riempito il tempo che mancava con le molte telefonate che voleva fare.
Desiderava sentire Laura, fra due giorni sarebbe partito e forse non si sarebbero mai più rivisti, voleva vederla. Lei era banalmente imprigionata in quella sua stupida gelosia che si era tramutata in un orgoglio infantile, che non le avrebbe permesso di chiamarlo. A Claude non interessava quel suo atteggiamento, sapeva che lei voleva incontrarlo.
La chiamò, lei rispose felice, aspettava proprio che lui la chiamasse.
"Ciao Claude, come stai?"
"Io sto molto bene e tu?"

Laura sembrava una persona diversa rispetto a quella che aveva rifiutato l'invito ad andare alla mostra dei macchiaioli.
"Sono un po' triste e tu sai il perché." disse.
Claude con un atteggiamento già rassegnato le disse:
"Non pensarci, non serve a niente, ci vediamo? Ti va di uscire domani pomeriggio?".
Laura rispose in maniera affermativa. Si sarebbero visti al solito posto alle quattro.
Dopo alcuni minuti, mentre fumava una sigaretta, arrivò sul suo cellulare un messaggio. Pensava che fosse Laura e che avesse cambiato idea. Lo lesse, era di Isabelle: era giunta tranquillamente a casa e lo ringraziava per le belle giornate che aveva trascorso con lui a Roma.
Claude provò una dolce emozione al pensiero dei giorni passati con la sua amica, un'intensa voglia di rivederla stava crescendo dentro di lui, ma nel contempo, aveva forti timori sul modo in cui si sarebbero comportati quando si fossero visti. Continuava a pensarci, lo stava intensamente vivendo nella sua testa, faceva così quando un fatto futuro gli creava ansia, paura, eccitazione o stimolo.
Il tempo non passava mai, sperava che il signor Di Stefano arrivasse prima dell'ora stabilita, così poteva consegnargli il quadro, ricevere il compenso pattuito e ritornare a casa.
Fu una speranza vana, arrivò addirittura dopo l'orario previsto, Claude stava passeggiando in maniera annoiata, nei pressi della galleria.
Mario lo chiamò al cellulare:
"Vieni, è arrivato, ti aspetta".
Giunse con un passo veloce, vide il signor Di Stefano, non era solo, con lui c'era anche sua moglie.
I coniugi si rivolsero a Claude:
"Ci fa vedere, allora, il nostro quadro?".
Lui rispose senza particolare enfasi:
"Certamente".
Con Mario prese la grande tavola e la portarono davanti a loro.
Rimasero in silenzio, si guardarono fra loro i coniugi Di Stefano e d'accordo esclamarono:
"Pittore il tuo quadro è strabiliante e portentoso, complimenti!".
Claude non mostrò piacere per i complimenti che ricevette, lui sentiva indifferenza, non avevano nessun significato.
Pensava alle emozioni vere, reali, al dispiacere che avrebbe provato nel lasciare Laura, alla gioia che avrebbe invece sentito nell'abbracciare Nicole, ai sentimenti sconosciuti e imponderabili nei confronti di Isabelle.

Non voleva più surrogarli con la pittura, voleva viverli per quelli che erano e non sostituirli con qualcos'altro.
Uscì dalla galleria a fumarsi l'ennesima sigaretta, Mario rimase a parlare con i coniugi Di Stefano, riscosse il compenso stabilito e li aiutò a caricare il quadro in macchina.
Prima di andar via, chiesero a Mario se il pittore francese era disponibile a realizzare per loro un altro dipinto.
Mario rispose subito che era disponibilissimo, ma che poteva effettuarsi dopo le vacanze di Natale.
Avevano già visto il soggetto da dipingere, era una delle foto presenti nel book di Claude, il signor Di Stefano lo rammentava perfettamente: era un campo di grano in estate.
Si salutarono, augurandosi un felice Natale, con la promessa che si sarebbero risentiti all'inizio dell'anno.
Claude, nel frattempo, fumò un'altra sigaretta, e chiamò Nicole.
"Ciao Amore, ci siamo, fra due giorni sono a Parigi."
"Sì papà." rispose felicissima Nicole "Non vedo l'ora di venire da te".
Lui sapeva che ogni qualvolta non si frequentavano con costanza o per lunghi periodi di tempo, Nicole aveva problemi a vivere con Claude in maniera serena e rilassata.
Aveva, in particolare, difficoltà a dormire nel suo letto, e così durante la notte si recava da lui nel letto matrimoniale. All'inizio glielo permetteva, fino a quando non riacquistava intimità e famigliarità con la casa. Ma dopo che ciò avveniva, la regola di dormire sola nel suo letto ridiventava inderogabile e Nicole, anche se con tanta fatica, ci si adeguava.
Claude manifestò lo stesso desiderio:
"Anch'io ho voglia di ricominciare a fare tutte le cose che facevamo prima di partire."
Lei espresse anche un desiderio, nei suoi confronti:
"Papà mi piacerebbe che passassi Natale con me e mamma, ti va?".
Claude non rispose esplicitamente:
"Vediamo tesoro, ci penso quando arrivo".
Si salutarono contenti, lui rientrò in galleria, Mario gli si fece incontrò con un atteggiamento di soddisfazione e compiacimento.
"Claude ho da darti una bella notizia".
Lui non immaginava quale potesse essere.
"Quale sarebbe?" disse.
"Hai ricevuto un'altra commessa dal signor Di Stefano."
Claude manifestò apertamente un senso di rifiuto, non desiderava dipingere.

"Mario non ho voglia di pitturare, sono stanco, voglio tornare a casa."
Cercò di tranquillizzarlo il suo amico gallerista.
"Dovresti realizzarlo all'inizio dell'anno prossimo, quindi fine gennaio, primi giorni di febbraio."
Claude non era convinto:
"Ne parleremo in seguito, basta Mario".
Lui non si arrendeva, gli disse quale fosse il soggetto da rappresentare, le dimensioni e che l'avrebbe richiamato a Parigi per dargli la conferma.
Claude lo salutò affettuosamente, aveva fatto molto per lui, ma non poteva accontentarlo, la sua emotività era mutata. Sentiva repulsione per la pittura, non sopportava i colori, i pennelli, l'odore dell'olio e della trementina. Non disse niente a Mario, sicuramente gli sarebbe passata.
Tornò a casa, avrebbe desiderato che quella notte passasse velocemente per vedere Laura e finalmente poter trascorrere una giornata intensa, vera, provando sentimenti veri, non immaginati o surrogati, a prescindere da come potevano essere: piacevoli, dolorosi o felici.

# L'ULTIMO GIORNO

Aspettare il tempo che ancora mancava per incontrarla creava in Claude un senso di insofferenza e di impazienza, girava per casa senza sapere cosa fare.
Sedeva sul divano, guardava la televisione, a volte si affacciava alle finestre a vedere le persone che andavano e venivano.
Molte ore avrebbe dovuto ancora attendere, decise invece di recarsi all'appuntamento in anticipo.
Camminava e pensava a quell'ultimo incontro con lei, ma era vero che non si sarebbero più visti? Se lui l'avesse desiderato si sarebbero nuovamente incontrati.
Tanti pensieri si confondevano nella sua mente, incontrarla gli avrebbe permesso di fare chiarezza, definendo i suoi sentimenti e le sue emozioni.
Ritornò sul luogo dell'appuntamento mezz'ora prima di quella prevista, sorprendentemente Laura era già lì.
Si baciarono con passione, ma una sorta di controllo e moderazione vincolava quel loro gesto d'amore.
L'idea dell'addio limitava la loro emotività, anzi era impregnata della paura di separarsi per sempre. Era così forte che impediva loro di godere della voglia di stare insieme, il futuro impediva di vivere il presente.
Claude sentiva però dentro di sé un desiderio di fare l'amore con lei, era un amore malinconico, triste, quasi finito.
Lui concepiva il rapporto sessuale come un modo che permetteva di esternare e trasmettere sentimenti, qualunque essi fossero: dolcezza, amore, tenerezza, indifferenza, rabbia e paura. Per lui il sesso era sempre erotismo, presupponeva sempre un sentimento o un'emozione alla base di quel gesto così istintivo e interiore.
Claude abbracciò Laura e andarono, non si dissero dove, lo sapevano entrambi.
Arrivarono sotto il portone, salirono lentamente le scale, si davano teneri baci, tenevano atteggiamenti pacati, i loro movimenti erano lenti e delicati.
Avevano un'eccitazione intimorita, senza forti sussulti. Si baciavano e si spogliavano, lui l'accarezzava dolcemente, non c'era frenesia e ardore esasperato.
Il suono dei loro gemiti non si elevava, era continuo e costante. Se avessero goduto pienamente e liberamente avrebbero commesso una sorta di peccato che andava a violare non una regola morale ma affettiva e psicologica, la loro

emotività rimaneva bassa e caratterizzata da dolore e tristezza.
Entrò in lei senza guardarla, chiuse gli occhi e le accarezzò i capelli. Stettero in quelle condizioni per molti minuti. A un tratto però la loro fisicità cominciò a prevalere sull'elemento emotivo, una passionalità indotta dall'aspetto corporeo fece aumentare l'intensità della loro aderenza emotiva, non sentirono più l'addio che si sarebbe realizzato, ma l'unione che stavano vivendo in quel presente.
Goderono con tutto loro stessi, senza paure e rimorsi fino a pomeriggio inoltrato.
Si separarono e stettero in silenzio a guardarsi.
In Laura si ripresentò, però, un pressante bisogno di dare un senso alla fine che avrebbe vissuto, e che stava provando in maniera angosciante.
Si rivolse a lui con tono disperato:
"Claude, perché sto così male, se penso che ci dobbiamo lasciare?"
La risposta ovvia e scontata era che lei lo amava ma questa parola spesso nasconde altri significati difficili e dolorosi da riconoscere e individuare, perché opportunamente rimossi e trasferiti nel proprio inconscio.
Lui sapeva il vero motivo: avrebbe dovuto accettare la separazione ed elaborare il senso di lutto che dolorosamente provava.
Sembrava una cosa facile, ma ciò presupponeva il compimento di un percorso di crescita, emotiva e psicologica, con delle fasi ben definite, da vivere e superare: identificazione con la propria madre, separazione da lei e individuazione di sé stessa.
Se Laura si fosse nutrita nel periodo dell'allattamento e dell'infanzia non solo di latte ma anche di sentimenti di amore, cura, rispetto, si sarebbe determinata una identificazione completa e normale con lei. Claude non sapeva se lei avesse vissuto positivamente quel periodo della sua vita, non ne avevano mai parlato, solo una volta gli aveva detto con un tono di sofferenza e rammarico che quando era piccola sua madre la lasciava con il suo fratellino per andare al lavoro. In quell'attimo lui percepì in lei un senso drammatico di abbandono, doloroso e crudelmente inascoltato.
Claude aveva invece la certezza che lei non si sentiva felicemente separata nel corpo e nella mente dalla propria madre, non sentendosi di esistere come persona unica con la propria individualità e le proprie caratteristiche. Per essere tale avrebbe dovuto tenere, a partire dalla sua

adolescenza, atteggiamenti di contrasto e di critica nei confronti di sua madre, e avrebbe dovuto combattere contro la normale sopravvalutazione della figura materna, anche ricorrendo a forme estreme di svalutazione che, come ogni meccanismo di difesa, avrebbero prodotto effetti protettivi cioè avrebbero ridimensionato la forte idealizzazione della propria madre, che la faceva apparire come un modello irraggiungibile.
Claude aveva invece potuto constatare in Laura atteggiamenti d'inferiorità nei confronti della propria mamma interiore, idealizzata, e anche rispetto alle altre donne, che manifestava in riferimento a queste con comportamenti di forte gelosia, insicurezza e incapacità a confrontarsi con loro.
Laura non aveva tenuto mai atteggiamenti di contrasto nei confronti della propria genitrice, pensò Claude, anzi la donna aveva vissuto e continuava a vivere all'ombra di lei, mantenendo un'ammirazione che la spingeva a imitarla e a essere come lei. Si ricordò, del fatto che anche sua madre scriveva poesie come lei, e si ricordò di come gliene aveva parlato: sembrava che stesse descrivendo un mito, una figura divina, un essere inarrivabile.
Non sapeva cosa risponderle, non voleva dirle una cosa banale ma neanche manifestare i suoi veri pensieri in merito ai motivi che le stavano causando tutta quella sofferenza.
Non aveva la certezza che fossero veramente quelli, e se lo fossero stati, avrebbero potuto far affiorare in lei altri aspetti molto più drammatici.
Laura, impazientemente, riformulò la domanda:
"Claude, perché sto così male, se penso che ci dobbiamo lasciare?"
Decise allora di dirle quello che lui aveva vissuto dopo la separazione dalla sua ex moglie, e quanto aveva dovuto lavorare su stesso, sulla sua identità, e sulla sua individualità.
Era stato costretto a definire e a conoscere le relazioni con i suoi genitori, le modalità del loro svolgersi, e soprattutto aveva dovuto ricostruirle, senza ricorrere a rimozioni, proiezioni e altri meccanismi di difesa psicologici.
Era stato un lavoro di anni, Claude aveva sofferto, pianto, vissuto momenti di depressione e disperazione, ma ce l'aveva fatta a rinascere.
Laura avrebbe potuto così cogliere, se era emotivamente pronta, qualche elemento che la poteva riguardare e toccare nella sua emotività.

Claude finì il racconto della sua storia, lei aveva ascoltato con molta attenzione e gli disse:
"Hai sofferto molto e sei stato molto forte e coraggioso a fare tutto quello che hai fatto e io sono riuscita a percepire la causa del mio dolore."
"Qual è?" le chiese Claude.
Laura, abbracciandolo, gli rispose:
"Il grande amore che provo per te e l'idea della tua mancanza".
Lui non credeva che potesse essere quello il motivo, ma non le disse più niente.
Uscirono, erano entrambi affamati, trovarono un ristorante, in cui già erano stati. Avevano mangiato molto bene, quella volta, Laura aveva divorato le sue portate.
Ordinarono gli stessi piatti di allora, lei mangiò in maniera vorace. Parlavano, ridevano, ma inavvertitamente senza accorgersene, momenti di silenzio s'intromettevano fra loro.
Erano silenzi dolorosi, Claude con un notevole sforzo cercava di ripristinare il dialogo, per non pensare all'attimo di quel maledetto addio.
Era una situazione di tortura questo continuo rimandare il momento di separarsi, decisero di chiedere il conto e di andare via. Prima però, come faceva ogni volta che lasciava un ristorante o una sala da the, Laura si recò in bagno.
Claude dopo cinque minuti la seguì. Dovette attendere fuori, la parte destinata agli uomini era occupata. Mentre era in attesa, sentì dei rumori provenire dal bagno delle donne, sembrava il gemito di sofferenza di una persona che stesse vomitando. Si avvicinò alla porta, erano effettivamente conati di vomito.
Fece una riflessione: la persona poteva essere Laura?
Attese che uscisse quella persona, la vide, era proprio lei.
Non poté non farle l'ovvia domanda:
"Hai vomitato?".
Laura si girò di spalle e rispose senza guardarlo negli occhi:
"Assolutamente no!"
"Stai mentendo." disse Claude.
Laura con un atteggiamento di panico replicò:
"Non ho vomitato, ti sbagli".
Lui con un tono inflessibile, ribadì:
"Non sei sincera, ti ho visto dal buco della serratura".
Non era vero, non l'aveva fatto, ma la voleva costringere ad affermare la verità, ci riuscì.
Laura ammise di aver compiuto quel gesto.

Da quando morì sua madre aveva cominciato a indursi il vomito, non lo faceva sempre.
Claude non si aspettava quel suo modo di essere, aveva compreso e sentito la presenza di molti altri aspetti psicologici malati, ma che fosse bulimica non l'aveva intuito.
In effetti, la sua bulimia si conciliava con molti altri elementi che lui aveva afferrato in quelle settimane in cui si erano frequentati.
Laura viveva un'alternanza tra accettazione e rifiuto alla separazione, il cibo rappresentava lo strumento per recuperare la fusione con l'oggetto amato ormai perduto.
Anche Claude le permetteva quell'unione con sua madre, le permetteva di essere come lei, anzi di essere lei, amando un uomo che assomigliava all'amante di sua madre.
La bulimia è la patologia dell'avere, la spinta emotiva-pulsionale la spingeva a ricercare un oggetto che potesse soddisfare la sua emotività. Nessun oggetto però poteva soddisfarla e riempirla, neanche il pittore francese, in quanto la deficienza dell'avere andava ad affiancarsi alla mancanza dell'essere che era emersa dopo la morte della madre.
In Laura sembrava carente anche l'aspetto d'identificazione con la sua mamma, quindi non doveva essere stata per lei soddisfacente e buona la sua relazione durante l'infanzia e forse neanche il suo seno era stato così piacevole e appagante per lei.
Claude capì con certezza il perché del suo tormento e della sua angoscia, che le era procurata dalla loro separazione, ma non poteva dirle assolutamente niente.
Andarono nel buio della notte, abbracciati, con lei che appoggiava la testa sulla spalla di Claude, verso la fine della sua vita.
Laura, con un senso di angoscia gli chiese:
"Ritornerai da me?".
Claude stette per qualche attimo in silenzio, e le rispose:
"Certo che ritornerò".
Un leggero sorriso comparve sul volto di Laura, la tensione si allentò e la donna andò a casa felice.
Lui si incamminò lentamente verso la sua di casa, con un atteggiamento dimesso, testa bassa e spalle curve, non avrebbe voluto dire quella bugia a Laura, non sopportava dirle.
Non poteva fare in altro modo però, non sapeva se lei fosse stata in grado di reggere il dolore di una separazione definitiva e, comunque, non avrebbe voluto correre alcun rischio.

Claude in realtà non aveva ben chiaro come la sua vita
avrebbe potuto svolgersi, quale direzione avrebbe preso. Non
faceva più programmi a lunga scadenza, non era in grado di
farli e non si fidava di compierli. Viveva giorno per
giorno, l'unico punto fermo era Nicole, lei non avrebbe mai
dovuto subire scelte da parte di Claude dannose e dolorose,
era il suo scopo di vita, le altre scelte dovevano essere
compatibili con la sua felicità e la sua esistenza.
Salì al suo appartamento, all'indomani avrebbe dovuto
prendere l'aereo, alla stessa ora in cui lo aveva preso
Isabelle. Cominciò a preparare la sua valigia, mise prima di
tutto i regali per Nicole, e poi i vestiti e altri oggetti
che aveva acquistato per la sua casa di Parigi.
Non riusciva a essere addolorato per aver lasciato Laura, e
felice di ritrovare finalmente la sua bambina. I suoi
sentimenti erano contrastati e opposti, si trovava in una
situazione indefinibile e indefinita.
Nella sua mente passavano immagini di momenti vissuti in
quella giornata, alternate a pensieri riguardanti Nicole, ai
cambiamenti che aveva potuto vivere in quel mese di assenza,
a cosa si sarebbero detti, quando si fossero incontrati.
Era molto tardi, sentiva che quella notte non avrebbe
dormito. Si distese sul letto, si girava in continuazione,
passarono le ore senza che avesse riposato un minuto. Non
chiuse occhio fino al mattino, rimase sveglio, aspettando
l'ora di partire.

# IL RITORNO A PARIGI

Si alzò senza forze, aveva necessità di una doccia calda e rigenerante, poteva fare tutto con molta calma, aveva molto tempo prima della partenza.

Verificò se avesse inserito tutte le sue cose nella valigia, chiuse tutte le finestre, gas e acqua, era pronto per andare. Guardò per l'ultima volta la sua casa, era una sorta di saluto. Scese, si fermò al bar a fare la sua ultima colazione. Provò un senso di nostalgia, ma sapeva che non avrebbe mai dimenticato il periodo che aveva vissuto in quella città e che avrebbe sempre custodito dentro di sé un meraviglioso ricordo.

Il taxi arrivò dopo dieci minuti dalla chiamata. Giunse in anticipo all'aeroporto.

Appena aperto l'imbarco, salì sull'aereo, amava prenderlo, era attratto dalla forza e dalla potenza di quel grande uccello di metallo. Gli permetteva di sentire sensazioni di onnipotenza e vigore, e nello stesso tempo di protezione e sicurezza. Era strano Claude, era proprio un tipo unico, stravagante e curioso.

Inviò un messaggio a Nicole:

"Sto partendo, appena arrivo vengo da te".

La bambina non rispose, il suo cellulare era sicuramente spento.

L'aereo partì in ritardo, su Parigi c'era nebbia e quindi non avrebbe potuto atterrare all'ora stabilita.

Cominciò a pensare alla sua bambina, non pensava più a ciò che aveva lasciato.

Si sarebbero potuti vedere nel pomeriggio, desiderava abbracciarla, baciarla, giocare sul letto a fare la lotta con lei. Non ricordava più il suo viso, il suo sorriso, rammentava però benissimo la sua interiorità, la sua affettività e la sua sensibilità spiccata e profonda.

Aveva un timore Claude, temeva che Nicole potesse aver perso quel senso di intimità e confidenza nella relazione con lui.

Era una sua paura, non poteva un mese di assenza cancellare anni di vita condivisa e di profonda unione emotiva.

L'aereo stava sopra il cielo di Parigi, si stava preparando all'atterraggio, non si sentiva alcun vocio, un silenzio tombale riempiva quel mezzo fantastico. Ogni tanto voci intimorite andavano a rompere quel pauroso silenzio, erano sussulti per far emergere sensazioni insopportabili e incontrollabili.

Toccò la pista in maniera delicata, le solite battute di mani misero fine all'apprensione di quell'atterraggio, lo sganciare delle cinte di sicurezza provocavano rumori metallici continui. Visi rilassati e una situazione di rilassatezza riempì quello spazio angusto e invivibile.

Claude era arrivato, prese la sua valigia e uscì dall'aeroporto.

Prese il treno per andare a casa, ricominciava ad assaporare la vita parigina, gli era mancata quella sua vita, sentiva un sollievo immenso.

Voleva ritornare a quell'abitudine che dava sicurezze e certezze, che gli permetteva, in uno stato di quiete, un'esistenza noiosa e ferma.

Appena giunse al suo appartamento, tirò fuori i regali di Nicole, quegli oggetti provocarono il ricordo di momenti vissuti a Roma. Erano immagini veloci, imprendibili, frammenti incomponibili e separati di un tutto.

Una parte di quel tutto era Laura, non la chiamò, le inviò un messaggio:

"Sono arrivato, viaggio tranquillo, dimmi quando ti posso chiamare".

Riprese a disfare la valigia, ripose i vestiti nell'armadio, e scelse accuratamente i posti dove mettere gli oggetti che aveva acquistato per la casa.

Era molto stanco, si sdraiò sul divano e senza accorgersene si addormentò.

Dormì fino alle quattro, si alzò ancora assonnato, desiderava un caffè italiano. Poté soddisfare quel suo desiderio, si era riportato tutti gli strumenti per poterlo preparare.

Voleva vedere la sua bambina, non aveva avuto ancora risposta al messaggio che le aveva inviato la mattina.

Prese il cellulare, trovò due sms, uno era di Nicole e l'altro di Laura.

Il suo piccolo amore voleva incontrarlo alle cinque, Claude avrebbe dovuto recarsi da lei e prenderla per stare insieme fino all'ora di cena.

Laura era felice che il viaggio fosse stato sereno e gli scrisse che poteva chiamarla la sera, verso le dieci.

Si preparò velocemente, un senso di frenesia stava penetrando in Claude, lasciò i regali a casa, uscì di corsa.

Arrivò in cinque minuti al portone del palazzo, citofonò, rispose lei con quella sua voce dolce e lieve:

"Papà sto scendendo".

Lui le disse:

"Ti aspetto, fai con calma".

Claude pensava che anche Nicole sentisse una sensazione di impazienza, cercò così di smorzare quel suo sentimento.

Scese quasi subito, lui la vide, era più bella, più alta, più grande rispetto a quando l'aveva vista l'ultima volta: quel lontano giorno in cui era partito per Roma.
L'abbracciò stretta, baciandola una, due, cinque volte, l'accarezzò sulle sue guance morbide e lisce. I suoi grandi occhi blu erano diventati lucidi, qualche piccola lacrima stava per scendere, erano gocce di gioia e non di sofferenza.
"Mi sei mancata tanto." le disse Claude.
"Anche tu." rispose lei emozionata.
Nicole lo guardò attentamente, vide che non aveva con sé i regali.
"Ma le mie bambole non le hai prese?" gli disse preoccupata.
"Certo, sono da me, andiamo a prenderle."
Voleva che lei stesse con lui nella sua casa, doveva riacquisire confidenza e famigliarità.
Nicole le vide, fu entusiasta, si recò nella sua cameretta, cominciò a giocarci, le faceva parlare, ridere, litigare.
Claude stava a sentirla, ascoltava ciò che lei diceva ma non sapeva di conoscere e provare. Lui si conservava tutti i suoi disegni e le favole che scriveva, poteva capire le sue sensazioni e le sue emozioni.
Era quasi ora di cena, le chiese:
"Hai fame amore mio?".
Rispose una delle sue bambole, era Stella:
"Molta fame, papà".
Claude preparò un pasto leggero e facilmente digeribile: insalata e petti di pollo.
Stavano seduti insieme intorno al tavolo, era una piccola famiglia, unita e felice, così avrebbe desiderato Claude.
Mangiarono, guardando il televisore, già un leggero sonno stava prendendo Nicole. Claude se ne accorse e le disse:
"Vuoi dormire nel tuo letto? Domani ti accompagno io a scuola".
Lei rispose irrigidendosi:
"Non posso papà, devo ripassare alcune pagine di storia domani mattina, prima di recarmi a scuola".
Era un pretesto per non passare la notte con lui, non insistette Claude, la riaccompagnò a casa, il prossimo fine settimana lo avrebbero trascorso insieme.
Non era facile per Nicole separarsi da sua madre, non riusciva a farlo di notte e soprattutto dopo la separazione dei suoi genitori.
Claude ritornò a casa, avrebbe chiamato Laura fra un'ora, aspettava quel momento con trepidazione, era preoccupato per lei, non sapeva come avesse superato il loro distacco.

Si sedette sul divano, aprì una birra fredda, prese il suo cellulare e fece il numero.
Dopo tre squilli, lei rispose:
"Ciao Claude, come stai?"
"Bene, sono solo un po' confuso, mi dovrò riabituare alla vita parigina, e tu?".
Laura, con una voce che non lasciava dubbi circa il suo stato emotivo di depressione e di crisi, disse:
"Sto male, ho aspettato tutto il giorno la tua telefonata, non riesco a vivere senza di te e…"
Claude, la bloccò:
"No, Laura, non puoi fare così, non hai altro da fare e pensare? Hai i tuoi alunni, la tua poesia, tuo marito. La tua vita non sono solo io, la tua vita sei te".
Laura con un tono rabbioso obiettò:
"Per te è facile parlare, tu non mi ami, vero?".
Claude, con molta calma, ribatté:
"È vero, non ti amo, e questa cosa non sei riuscita ancora a tollerarla e a farla tua. Io ci sono riuscito ad accettare di non essere amato, se ci riesci potrai finalmente essere libera e vivere meglio la tua vita".
Lui aveva lasciato sua moglie perché lei aveva smesso di amarlo e forse non l'aveva mai amato.
Laura invece non poteva sopportare quello stato di cose, avrebbe significato la vita o la morte, esistere o non esistere.
"Non sono in grado di farlo!" disse lei.
"E io non so come aiutarti." le disse Claude con un senso di dispiacere.
"Basta che tu mi ami," replicò Laura piangendo.
Chiusero la loro telefonata non dicendosi altro.
Claude rimuginò su quanto si erano detti. "Basta che tu mi ami." gli aveva detto. Ma bastava a fare cosa? A lenire il suo dolore, ad attenuare il suo mal di vivere, a riempire un vuoto interiore, a farla sentire che esisteva.
L'amore in una relazione adulta di coppia matura non può e non deve surrogare altri tipi di amori, non deve permettere lo svolgersi di altre relazioni.
L'amore da lei richiesto era l'appagamento di un bisogno, di una urgenza, di una necessità e di una dolorosa mancanza.
Quello non sarebbe stato mai un amore vero e adeguato, avrebbe svolto sempre una funzione riparatrice, avrebbe sostituito altri amori sbagliati o assenti. La sua emotività non le permetteva di giudicare se amava e se era amata, o se era un'altra cosa.
Questi pensieri lo riportarono alla relazione che aveva avuto con la sua ex moglie, a cosa lui aveva rappresentato

per lei, agli atteggiamenti di rabbia e di odio che aveva subito, ai quali inizialmente non era riuscito a far fronte, provando sentimenti di depressione e di fine.
Claude allora aveva rasentato il suicidio, aveva molte volte pensato di uccidersi, si era salvato pensando a Nicole.
Aveva timore che Laura potesse pensare a quel gesto inconsulto e considerate le condizioni emotive che provava, il passaggio dal pensiero all'azione sarebbe potuto avvenire in un attimo.
Si rese conto che era un pensiero esagerato: non era sola, aveva un marito, un figlio, viveva delle relazioni soddisfacenti con amiche e colleghi. Si era creata i suoi luoghi sicuri in cui rifugiarsi e trovare appoggio.
Finì la sua birra, si alzò, e andò nel suo studio, dove dipingeva. C'erano i suoi colori, i pennelli, spatole, trementina.
Avevano un aspetto di inutilizzato, quasi di inservibile. Erano molte settimane che effettivamente non adoperava quegli oggetti.
Provò ad aprire i tubetti di colore, alcuni si erano essiccati, altri non riusciva ad aprirli, molti pennelli presentavano le setole ormai secche.
Sembrava che anche loro spingessero Claude a non riprendere a dipingere, ampliando quel senso di fatica emotiva che provava.
Stava in una situazione di blocco, non aveva stimoli e non aveva bisogno di dipingere, uscì dalla stanza e chiuse la porta. Non doveva recarsi a Montmartre a esporre il giorno seguente e in quelli successivi.
Non sapeva cosa avrebbe fatto, poteva dedicare tempo a se stesso e a Nicole.

# LA VECCHIA ISABELLE

Non sapeva cosa fare quel giorno, Nicole era a scuola, non avrebbe dovuto esporre a Montmartre, però decise di recarsi ugualmente in quel posto.
Voleva rivedere i suoi amici e chissà incontrare Isabelle.
Come al solito andò a piedi, impiegò circa trenta minuti per arrivare, incontrò alcuni vecchi amici pittori e altri nuovi mai veduti prima.
Isabelle non c'era, era quattro giorni che non la vedeva e sentiva, da quando gli aveva inviato il messaggio in cui gli comunicava che era arrivata regolarmente a Parigi dopo la partenza da Roma.
Parlò con gli altri pittori della sua esperienza vissuta a Roma, dell'emozione che aveva provato il giorno dell'inaugurazione della mostra, la soddisfazione per la vendita dei quadri e la commessa ricevuta.
Non disse niente, però, della storia che aveva avuto con Laura e della crisi interiore che gli aveva fatto provare quel senso di repulsione per la pittura, ma non parlò soprattutto della nuova indole che Isabelle aveva mostrato a Claude quando erano stati insieme.
Girava tra le bancarelle dei suoi amici, in attesa che Isabelle giungesse, osservava i loro quadri non come un pittore ma come un cliente andato lì per acquistarne uno.
Lei però non si vedeva. Claude chiese agli altri pittori se sapessero se sarebbe venuta a esporre.
Risposero in maniera affermativa, decise di attendere ancora il suo arrivo. Avrebbe potuto chiamarla, ma non voleva apparire troppo desideroso di rivederla.
Trascorse un'altra ora, Claude stava per andar via, cominciò a salutare i suoi amici pittori, quando vide sbucare dall'angolo della strada Isabelle.
Le si fece incontro, contento, con in mente la donna che aveva conosciuto a Roma.
Si salutarono affettuosamente, Claude percepì però freddezza in lei, notò subito i soliti vecchi atteggiamenti di Isabelle, un senso di chiusura e di mancanza di genuinità emersero dal suo comportamento.
Sembrava un'altra persona, ciò indusse Claude a ritirarsi, a tenere una condotta estremamente non confidenziale.
Pensò che provasse addirittura vergogna nei confronti di se stessa per essersi mostrata con quella modalità normalmente rifiutata da lei. Lui non poteva sopportare quello stato di cose:
"Hai perduto la tua naturalezza?" chiese Claude.

Isabelle sapeva di non essere la stessa persona che si era rivelata a Claude quando erano stati insieme a Roma, ma non riusciva a essere in maniera diversa, lì a Parigi.
"La vera Isabelle è questa, non quella che hai conosciuto a Roma." disse lei.
Claude non riusciva a comprendere quali motivi interiori impedivano che il suo vero sé uscisse liberamente. Isabelle manteneva sempre una condotta razionale, logica ed estremamente controllante nei confronti di se stessa che a volte rasentava l'anaffettività. Contemporaneamente, erano presenti aspetti contrapposti quali: disponibilità, altruismo, capacità psichiche e intuitive fuori dal comune.
Calore, affettuosità, tenerezza avrebbero significato sofferenza e pena per lei, ma perché inducevano tali sentimenti?
Non glielo chiese, Isabelle non gli avrebbe detto niente, non amava parlare della sua vita passata, invece fu lei a fargli una espressa richiesta:
"Ti prego non dire niente agli altri pittori di quello che è successo fra noi".
Claude la rassicurò, non avrebbe detto nulla agli altri, non c'era alcun motivo per farlo.
Parlarono ancora un po', erano argomenti futili e insignificanti. Claude decise di andare via, era contrariato a stare con lei.
La salutò e si avviò verso casa, era deluso dal comportamento di Isabelle, con le sue qualità interiori avrebbe potuto superare i suoi aspetti limitanti e condizionanti, avrebbe potuto innalzarsi a un livello più elevato, non concepiva questo suo atteggiamento rinunciatario e arrendevole.
In realtà Claude era dispiaciuto per se stesso, perché si stava innamorando della Isabelle che aveva conosciuto a Roma, ma che purtroppo non c'era più.
Aveva tanta voglia di innamorarsi nuovamente, di trovare una nuova donna che potesse fargli perdere la testa, che facesse battere intensamente il suo cuore e contare i minuti prima di poterla incontrare. Era questo ciò che desiderava Claude dopo la dolorosa separazione dalla moglie e la difficile rinascita emotiva e psichica.
Lei non si accorse dei suoi sentimenti, non li aveva manifestati mai Claude, nemmeno in quei giorni trascorsi insieme a Roma.
Si rassegnò al mancato compimento di un nuovo amore, non era stato ancora scritto nel suo destino. Avrebbe rinviato quel momento a un tempo futuro, accettando con leggerezza e fiducia ciò che la vita gli stava offrendo di vivere.

Era quasi arrivato a casa, quando vide sul suo cellulare un messaggio di Laura.

C'era scritto:

"Se qualcuno ci vuole bene per la nostra bellezza non è amore, è desiderio; se ci vuole bene per la nostra intelligenza non è amore, è ammirazione; se non gli manchiamo abbastanza non è amore, è solo amicizia. Non sapere perché si ama qualcuno, questo è amore".

Pensò che avesse scritto un'assurdità, Claude sapeva esattamente quali requisiti e caratteristiche aveva mostrato a Roma Isabelle per determinare in lui un inizio d'amore e quali invece aveva accuratamente insabbiato dentro di sé, quando la rincontrò a Parigi.

Rispose al messaggio di Laura:

"Tu non sai perché mi ami?" le domandò.

Attese invano fino a sera l'invio di una risposta che non arrivò mai.

Entrò nel portone e nell'androne del palazzo, vide il solito albero di Natale adornato in maniera eccessiva, stracolmo di palline colorate e fili lucenti. Il portiere aveva provveduto a ornarlo, non avrebbe potuto fare meglio, era un tipo rozzo, semplice ed essenziale, non aveva un particolare senso creativo e artistico. Non passava mai inosservato quel suo albero. Claude pensò che fra pochi giorni sarebbe stato Natale, era il secondo che non trascorreva con Nicole e la sua ex moglie, si stava quasi abituando a stare senza di lei quel giorno.

Il dispiacere però di non vedere la felicità di Nicole nello scartare i regali era ancora tanto grande, così come grande era la sofferenza per non assistere alla trepidazione che mostrava quando si avvicinava all'albero con il timore che Babbo Natale non le avesse portato i doni desiderati e il sollievo invece, nel trovarli.

Sapeva però benissimo che questi attimi con il passare degli anni sarebbero terminati, ciò lo aiutava ad accettare la sua situazione e a vivere con più serenità quei momenti.

Gli venne in mente che non aveva acquistato nessun regalo per il Natale, non avrebbe potuto farlo, non sapeva quali fossero state le richieste indicate nella letterina da Nicole; gliel'avrebbe domandato molto presto, appena si fossero incontrati.

Non aveva nemmeno un piccolo abete da ornare e non aveva fatto ancora il presepe. Quel giorno però non aveva voglia di cominciare, avrebbe avuto ancora altri giorni a disposizione.

# IL FINE SETTIMANA

Andò a prenderla alle dieci, l'ora era stata decisa da Nicole.
Claude salì in casa, prese la sua borsa contenente i vestiti, i libri e quaderni e scesero felici per andare insieme a vivere la loro vita.
Quel giorno però Nicole aveva un viso ansioso e teso, Claude se ne accorse e le chiese:
"Cosa c'è che non va? Non vuoi stare con papà?".
Nicole percepì un senso di dispiacere presente in Claude nel formulare quella domanda.
"Papà non voglio dormire da te, questa notte. Stiamo insieme tutta la giornata e questa sera mi riporti a casa da mamma." disse in maniera intimorita.
In lei era presente un senso di rassegnazione, sapeva cosa le avrebbe risposto Claude.
Lui non l'avrebbe mai fatto, e, infatti, replicò con voce ferma e sicura:
"No amore, stai con papà fino a domani sera e dormirai nel tuo letto questa notte".
Cominciarono a vivere quella giornata: andarono a fare la spesa, prepararono insieme il pranzo, guardò con lei la televisione, riuscì a distrarla, cercando di renderla partecipe delle cose che faceva.
Claude parlò molto con lei, le chiese della vita a scuola, dei giochi che faceva con le sue amichette, ma soprattutto dei sentimenti che provava. Aveva superato la sua crisi, il suo volto era divenuto rilassato e leggero, lui era felice di questo.
Pensò a cosa avrebbero potuto fare insieme, non sapeva se Nicole avesse un particolare desiderio, glielo chiese:
"Cosa desideri fare oggi pomeriggio?".
Nicole rispose scocciata:
"Papà, non ricordi, abbiamo il film da vedere".
Lui lo aveva dimenticato, così come non ricordava il titolo, lei glielo rammentò:
"Rapunzel." gli disse.
Mangiarono velocemente, il cinema era vicino a casa, andarono mano nella mano.
Era piccola la sua mano ed era completamente racchiusa in quella di Claude. Lui poteva esprimere con quel gesto condiviso il suo desiderio di protezione e di unione nei confronti della sua dolce bambina e lei ricevere attenzioni e vicinanza fisica.

Era tanto l'affetto, l'amore che si scambiavano, era profondo e intenso ma sano e giusto per la relazione che vivevano.
Stavano recuperando il tempo in cui non erano stati insieme, nei giorni che Claude aveva trascorso a Roma, quando avevano vissuto insieme stando lontani migliaia di chilometri.
Nicole era impaziente, non vedeva l'ora di entrare, aveva con sé una bottiglietta dell'acqua e patatine. Non mancava niente, acquistarono i biglietti, scelsero i posti migliori e si sedettero, erano entusiasti di vedere quel film insieme.
Durò quasi un'ora e mezza il film, lei lo vide con molta attenzione e trasporto, Claude non sapeva quale fosse la storia narrata in quel magico film, rimase così sorpreso da quanti elementi simbolici poté prendere.
Il significato essenziale era tanto semplice, quanto fondamentale per ogni bambina o bambino: l'importanza di crescere e conquistare la propria indipendenza, affrancandosi con coraggio dal legame soffocante che la protagonista, nel film, aveva con una donna che fingeva di essere sua madre naturale. La protagonista era una principessa, ignara di essere tale. Lei riuscì nell'impresa grazie a un uomo che il suo destino le mise davanti. Era una simpatica canaglia di nome Flynn, che svolgeva un ruolo di spalla e di supporto alla giovane principessa. Lei era inesperta del mondo, ma aveva tutta l'energia e l'intraprendenza per recuperare gli anni trascorsi rinchiusa in una torre e per acquisire la sua vera vita.
Nicole rimase colpita dall'atteggiamento opprimente della madre di Rapunzel, lo disse a Claude, lui non sapeva quanto la potesse riguardare direttamente.
Ritornarono a casa, lei cominciava ad avere sonno, erano appena le sette, voleva già andare a dormire, non avrebbe voluto perdere l'attimo essenziale e determinante per poter addormentarsi.
Aveva difficoltà a prendere sonno, l'aveva sempre avuto quel problema, fin dai primi mesi della sua vita.
Claude tentò di procastinare quel momento, preparò la cena, mangiarono e videro dei cartoni animati.
Riuscì ad arrivare alle otto e mezzo, Nicole provava sentimenti contrastanti: da un lato desiderio di appisolarsi e dall'altro paura di solitudine e morte nel dover dormire da sola.
Temeva che se fosse passato quel momento, non si sarebbe più addormentata.
Un senso di disperazione controllato la indusse a chiedere a Claude:

"Papà voglio dormire con te".
Per lui sarebbe stato più facile acconsentire a quella richiesta, non lo fece. Le si avvicinò e in maniera tenera e dolce le disse:
"Amore dormi nel tuo lettino, e non ti preoccupare, non sei sola. Io dormo nella camera accanto, ci sono se mi chiami".
Sembrava che l'avesse convinta, le portò la sveglia digitale e infilò nella presa di corrente una piccola luce che avrebbe rischiarato il buio della notte.
Andò a coricarsi, lui abbassò il volume del televisore e spense le luci nel soggiorno.
Non si sentiva alcun rumore provenire dalla camera di Nicole, sembrava che fosse riuscita ad addormentarsi, invece, improvvisamente lei lo chiamò:
"Papino vieni da me, non riesco a dormire!".
Claude si alzò e andò da lei, e le disse con un tono rassicurante:
"Stai tranquilla, vedrai che prenderai sonno".
Lei non rispose, lui cominciò ad accarezzarle i capelli, dapprima in maniera più intensa, poi le sue carezze divennero sempre più leggere e delicate, sfiorando appena la sua fronte.
Passarono appena cinque minuti, Nicole si addormentò, le diede un grande bacio su una guancia, e lentamente uscì dalla sua cameretta.
Sentiva solo silenzio nella camera di Nicole, Claude riuscì finalmente ad allentare la forte tensione che aveva in sé.
Era addolorato per lo strazio che Nicole provava in quei momenti, avrebbe voluto con un colpo di bacchetta magica renderla immune a qualsiasi sofferenza, ma non aveva quei poteri miracolosi, aveva solo la forza dell'amore a disposizione.
Si adagiò sul proprio letto alla solita ora, si portò il proprio cellulare e lo posò sul comodino. Non si addormentò subito, era sempre vigile a cogliere qualsiasi rumore che potesse provenire dalla stanza di Nicole.
Sentì il suono di un messaggio, era di Laura e c'era scritto:
"Pittore, sto scrivendo una nuova poesia. Tu come stai?".
Claude era felice di quello che lesse in quel pensiero, le rispose subito:
"Sono contento, voglio leggerla quando l'avrai finita. Dove trascorrerai il Natale? Parti?".
Aspettava la risposta al messaggio inviato, prima di tentare di prendere sonno.
Passarono dieci minuti, lei non replicò nulla, Claude smise di aspettare.

Riuscì, con molta difficoltà ad addormentarsi, il suo era un riposo leggero.

Nicole si svegliò, non sapeva quanto avesse dormito, era notte fonda e insieme con lei si svegliò anche Claude.

Lui non si alzò, era però attento a tutto quello che lei faceva: andò in bagno, e ritornò nel suo letto, senza riprendere sonno subito.

Sentiva i continui movimenti di Nicole, che si agitava, sbuffando per la difficoltà che aveva ad addormentarsi.

Non sapeva Claude quanto tempo fosse trascorso, Nicole si fermò e riprese finalmente sonno.

Andò da lei, dormiva profondamente, quella lunga notte stava finendo, lui era felice di come si fosse comportata, era stata dura, ma aveva superato quel momento di solitudine e di paura.

La mattina Nicole si svegliò molto presto, come suo solito. Lui invece poté dormire fino a quando lei non lo chiamò: "Papà, ma non ti svegli?".

Si girò nel suo letto, verso quella peste impertinente e con gli occhi ancora socchiusi le disse:

"È ancora presto, lasciami dormire".

Lei non desistette e replicò:

"Voglio giocare con te sul lettone"

"Sali su, dai!" Claude le disse rassegnato.

Cominciarono a giocare, a farsi le coccole, a fare addirittura la lotta. Nicole era già pienamente desta e vigile, lui invece era assonnato e debole.

Voleva far cessare quei loro giochi, era stanco della nottata appena passata, ma non voleva deluderla, continuò pazientemente, non voleva perdere nemmeno un momento con lei, così continuarono a ridere e scherzare.

Fu lei a decidere di smettere, stava per avere inizio in televisione un programma di pittura per bambini cui teneva molto.

Fece colazione con cornetti e succo di frutta, si sedette e stette sola con se stessa a vedere quella rappresentazione.

La giornata trascorse tranquilla, tra momenti di gioco, ilarità e anche noia.

Era normale che potesse anche annoiarsi, ma Claude non riusciva ad accettarlo. Nella sua mente ritornavano prepotentemente istanti della sua infanzia in cui visse momenti di noia. Era quello che percepiva in quell'istante della sua vita. Aveva scoperto molti anni dopo che la causa della sua angoscia non era la noia. Il vero motivo era mascherato da quell'aspetto, che era in realtà il desiderio di scappare via dalla relazione con la propria madre fortemente insoddisfacente. Non voleva stare con lei, perché provava apparentemente noia, in verità era insofferenza, freddezza, rabbia.

Erroneamente pensava che la noia che percepiva Nicole avesse lo stesso significato della sua.

Significava fuggire da lui, come Claude fuggì da sua madre.

Non lo poteva tollerare, equivaleva riproporre fatti di sofferenza, e rivivere sensazioni di dolore.

Questo meccanismo proiettivo non era la realtà, non esprimeva i veri sentimenti di Nicole. Claude l'aveva capito, ma non riusciva sotto l'aspetto comportamentale a uniformarsi, si sforzava di soddisfarla in ogni sua richiesta, eliminando così quelle sue sensazioni spiacevoli. Era una costrizione limitante che lo induceva ad andare oltre a quello che le poteva dare.

Prevalse però, fortunatamente, un sano egoismo, che gli permise di rompere quel processo interiore, così Nicole poté annoiarsi, imparando a gestire il suo tempo autonomamente, in funzione delle sue esigenze, e sviluppando i suoi interessi e le sue capacità.

Nicole gli disse: "Papà che facciamo?"

"Io vorrei vedere un film. Tu puoi leggere il libro che ti ho regalato, giocare con le tue bambole, realizzare un disegno o non fare niente." rispose Claude.

Lei se ne andò nella sua cameretta, prese il suo libro e cominciò a leggerlo attentamente.

Si intitolava: L'isola dei cavalli. Era la storia di una ragazza di dodici anni di nome Jenny. Viveva insieme al padre in un'isola al largo delle coste occidentali della Gran Bretagna.

Cresciuta in mezzo alla natura, adorava i cavalli e si era particolarmente affezionata a Midnight, uno stallone selvaggio che stava cercando di domare e con cui aveva instaurato un rapporto speciale. Jenny era felice, ma il mondo le crollò addosso quando apprese di aver vinto una borsa di studio per il prestigioso collegio st. Anne, nel Devon.

Dovette lasciare tutto ciò che amava di più e dire addio al suo amico Midnight.

Era una storia impregnata di sentimenti, di amore e di passione. Ogni qual volta che finiva un capitolo andava da Claude e glielo raccontava. Passò alcune ore a leggere, e non si accorse che era giunto il momento di ritornare a casa dalla madre.

"Nicole è ora di andare." le disse Claude.

"Papà, aspetta, devo finire il capitolo." rispose Nicole.

Passarono cinque minuti, finì di leggere le ultime pagine, prese le sue cose, e gli disse:

"Sono pronta, possiamo andare".
Lui controllò se avesse dimenticato qualcosa, soprattutto libri e quaderni. Nulla fu lasciato, poterono così avviarsi verso casa. Mentre scendevano le scale, Nicole inaspettatamente si rivolse a Claude e gli disse:
"Papà fra quattro giorni è Natale, ho scritto la letterina a Babbo Natale. Ho chiesto solo tre regali"
"Ma tu sei stata buona?" chiese Claude scherzando.
Lei senza tentennamenti rispose:
"Certo!".
Ma a Nicole interessava sapere cosa facesse il suo papà in quel giorno di festa e così gli chiese:
"Allora a Natale stai con me e mamma?".
Lui non immaginava che in quel momento la bambina potesse fargli quella domanda.
Sapeva cosa risponderle, non voleva passare quella festa con la sua ex moglie, ma ciò avrebbe anche impedito di trascorrerla insieme a Nicole.
Non fu sincero con lei, e le disse:
"No amore, lo passerò con nonna, e zia. È molto tempo che non le vedo, ho piacere di stare con loro".
Nicole si ammutolì, non disse più niente.
Claude sentiva un intenso dispiacere, ma non voleva accettare compromessi esageratamente faticosi e dannosi.
Arrivarono dopo cinque minuti a casa della madre, Nicole non le chiese di salire, la borsa l'avrebbe portata da sé. Si baciarono, Claude aspettò che lei salisse ed entrasse in casa.
Tornò indietro, aveva una grande tristezza nel cuore, salì al suo appartamento, gli sembrava tremendamente vuoto, non riusciva ad abituarsi subito alla sua assenza.
Si comportava come se lei fosse ancora lì con lui, ma purtroppo non c'era. Andò a dormire molto presto quella sera, un senso di solitudine lo avvolse fino a quando non prese sonno, fortunatamente per Claude, avvenne quasi subito.

# IL NATALE

Sentì squillare il suo cellulare, era come al solito posto sul comodino accanto al letto.
Non guardò chi fosse, rispose disperato:
"Pronto chi sei a quest'ora?"
"Sono io papà." disse Nicole.
"Ma che ore sono?" le chiese Claude.
"Sono le sette, papino, buon Natale."
"Anche a te, tesoro".
Nicole telefonò così presto perché voleva essere certa che anche a casa di suo padre fosse arrivato Babbo Natale. Era ansiosa di saperlo.
"Papà c'è il mio regalo sotto il tuo albero?" domandò lei.
Claude, le rispose sorridendo:
"Non lo so, vado a vedere, se ti sei comportata bene, sicuramente lo trovo".
Si preoccupò un poco Nicole, e allora richiese:
"Papà l'hai trovato?"
"Sì, c'è un pacco con scritto sopra il tuo nome".
Si sentì sollevata.
"È grande?"
"Sì è grande, tesoro" disse Claude.
Il regalo che aveva chiesto erano dei pattini a rotelle, quindi pensò che potevano esserci in quella grande scatola.
Chiese a Claude se poteva aprirla e vedere cosa ci fosse dentro.
Non acconsentì alla sua richiesta, ma le disse:
"Attendi domani, vieni da me e lo apriamo insieme."
"Va bene, papà." rispose Nicole con un tono dispiaciuto.
Claude non andò da lei quel giorno, si sarebbe recato dai suoi genitori, fuori Parigi.
Avrebbe trascorso il Natale con loro, con sua sorella e i suoi nipoti.
Arrivò verso l'ora di pranzo, trovò la sua famiglia già riunita intorno al tavolo. Lo stavano aspettando.
"Buon Natale a tutti." disse Claude.
In coro risposero:
"Buon Natale a te".
Baciò i suoi nipoti e diede loro il regalo che Babbo Natale aveva lasciato sotto il suo albero.
Erano contenti dei doni che avevano ricevuto, volevano cominciare subito a giocarci, ma ovviamente non poterono perché le portate erano già servite e si doveva mangiare.
La mamma si avvicinò a Claude e gli chiese:
"L'hai sentita la mia dolce nipote, questa mattina?"

"Sì, sta molto bene, dopo la chiamerò così vi fate gli auguri".
Nicole mancava molto a sua madre, anche se quando stavano insieme lei non era particolarmente loquace ed espansiva.
Lei spesso si era lamentata di quell'atteggiamento della nonna con Claude.
Sapeva quello che provava, dava noia anche a lui e se non fosse stato per la presenza della sorella, appena finito il pranzo, sarebbe andato via.
Non provava un particolare piacere a stare insieme alla sua famiglia di origine, anzi sentiva che doveva esserci come se dovesse adempiere a un obbligo atavico, che si trasmetteva di generazione in generazione.
Durò un'eternità quel banchetto, fino al pomeriggio inoltrato, Claude chiamò Nicole per farla parlare con la nonna. Fu una telefonata brevissima: le disse che stava bene, i regali che aveva ricevuto e che domani si sarebbero incontrati.
La giornata passava lentamente, Claude voleva scappare, andare via. Uscì a fare una passeggiata, provò a chiamare Laura.
Il suo cellulare non era collegato, era meglio così, non aveva niente da dirle, solo augurarle un convenzionale buon Natale.
Rientrò a casa, sua madre stava nuovamente in cucina, preparava qualcosa per cena.
Vide suo padre che inaspettatamente passeggiava per casa, era stranamente lucido mentalmente in quel momento. Normalmente stava sempre a letto con il pigiama e il suo cappellino.
Gli si avvicinò e gli disse:
"Figlio mio è da tanto tempo che non ti vedo, dove sei stato in tutti questi giorni?.
"Sono stato a Roma, ho partecipato a una mostra." rispose Claude.
Gli faceva tanto tenerezza suo padre in quello stato.
Alcuni anni fa il suo papà era caduto e aveva sbattuto la testa. Era entrato in coma, era stato in quella condizione per molte settimane.
Era riuscito a ridiventare cosciente, aveva però ormai perso il suo senso della realtà e la sua ragionevolezza. Viveva in una situazione di confusione perenne, che ogni tanto spezzava per brevi momenti.
Il momento di ragionevolezza era già passato però, e così gli domandò in maniera triste:
"Quando mi fai un nipote?".

Claude non gli disse che una nipote l'aveva già, lo assecondò nelle sue smemoratezze.
"Quando mi risposerò, te lo farò un nipote o una nipote." gli disse.
Sembrò contento, si girò e se ne ritornò a letto.
Per Claude non era facile accettare che il proprio padre si fosse ridotto in quello stato inerme e indifeso. Aveva quasi ottant'anni, si sarebbe potuto spegnere da un giorno all'altro, ma Claude non voleva pensarci, era troppo doloroso.
Era tardi, non volle restare a cena, andò via con tanta malinconia nel cuore.
Scrisse un messaggio a Nicole:
"Ti voglio tanto bene. Ti passo a prendere alle nove, buonanotte amore mio".
Arrivò a casa quasi a mezzanotte, c'era molto traffico per rientrare a Parigi.
Si sedette sul divano, cominciò a pensare a suo padre, non riusciva a non farlo, aveva tanta paura che potesse morire, anche se era già morto nella relazione che aveva con Claude.
Si alzò, andò nel suo studio di pittura, rivide i colori, i pennelli, gli stracci imbevuti di colore e trementina. Prese un tubetto, lo aprì. Poteva essere ancora utilizzato, ne prese un altro e un altro ancora.
Trovò una tavola, la poggiò sul cavalletto, stava quasi provando a ricominciare.
Sentì lo squillo dell'arrivo di un messaggio, si fermò e non ricominciò. Andò nel soggiorno, prese il suo telefono, il messaggio era di Laura:
"Buon Natale, pittore." c'era scritto.
"Anche a te poetessa. Come hai trascorso il tuo Natale?" le chiese Claude.
Lui sapeva che non avrebbe risposto, non rispondeva mai.
Aveva compreso anche il motivo per cui teneva quella condotta. Laura inviava i suoi pensieri per ricordargli che c'era, che esisteva. Era la solita modalità infantile per riaffermarsi, doveva soddisfare continuamente il suo bisogno di conferme, come persona e individuo.
Finì la sua giornata con quel pensiero.
La mattina seguente si alzò molto presto, il sole stava albeggiando, volle fumarsi la sigaretta fuori la finestra, guardando quel cielo stranamente pulito sopra Parigi.
Faceva molto freddo, si mise il cappotto, finì velocemente la sua cicca.
Si vestì e andò a prendere Nicole, avrebbero passato insieme due giorni con la sua famiglia. Lei era contenta, avrebbe

potuto rivedere sua cugina, erano quasi coetanee, Nicole era
solo di un anno più grande.
Prima di andare dai suoi genitori, ritornarono a casa di
Claude. C'era da prendere il regalo di Nicole. Era
emozionata, si chiedeva se Babbo Natale avesse esaudito la
sua richiesta.
Scartò il pacco con foga e irruenza, trovò il giocattolo
desiderato, era felice, le voleva proprio bene quell'anziano
pancione barbuto.
Poterono partire, lo fecero con molta calma, Nicole
desiderava parlare con il suo papà del Natale appena
trascorso. Claude incoraggiò questa sua voglia,
chiacchierarono per tutto il viaggio. A volte lei chiedeva
spiegazioni e lui cercava in modo semplice di chiarire
argomenti abbastanza complessi per la sua età, ricorrendo a
metafore ed esempi. Era felice Claude di poter svolgere quel
ruolo di sostegno, appoggio e di guida. Voleva riacquistare
la sua fiducia dopo la separazione e soprattutto voleva
farle sentire la sua presenza. Provava un fortissimo senso
di protezione che le manifestava costantemente, era una sua
modalità innata di amare che aveva sempre avuto.
Giunsero a casa dei suoi genitori, stavano attendendo il
loro arrivo. Salutarono calorosamente Nicole; Claude si
meravigliò del fatto che anche suo padre stranamente la
riconobbe. Lei provava un certo imbarazzo nei suoi
confronti, forse il suo stato fisico e la malattia la
spaventavano, resta il fatto che era quasi paralizzata,
rigida quando lui le si avvicinava.
La mamma l'abbracciò e la baciò in modo inaspettatamente
affettuoso, come se quella sua affettuosità nascondesse un
altro sentimento, che Claude percepì come di preoccupazione
e dolore per la situazione famigliare di Nicole e sua.
Effettivamente sua madre non aveva accettato in cuor suo la
sua separazione, anche se non gli disse mai niente
esplicitamente. Claude non sopportava però l'atteggiamento
di lei, Nicole era una bambina come tutte le altre e come
tale doveva essere trattata e amata.
Lei era tutta rivolta verso i doni che vide vicino
all'albero di Natale, non perse un istante, cominciò insieme
alla cugina a scartare la carta dei regali che ricevette dai
nonni e dagli zii. Giocarono entusiasti facendosi confidenze
personali, parlavano delle loro cose, della loro vita, dei
loro amici, così importanti per loro. Chiesero di uscire,
era una giornata assolata e quasi calda.
Uscirono con Claude, andarono al parco, incontrarono altri
bambini, continuarono a giocare. Avevano un'energia
inesauribile, lui faticava a stare loro dietro.

Fu un giorno intenso e lunghissimo, i bambini non volevano farla finire, cercavano in tutti i modi di posticiparne la fine, inventando i giochi più strani.
Per Nicole arrivò il momento di fermarsi, era passata da molto l'ora canonica in cui lei si abbandonava al sonno, in quel giorno andò oltre.
Si addormentarono nello stesso letto con la cugina, non ci furono tensioni e problemi ad addormentarsi, non lo chiamò per ricevere le rassicuranti carezze della sera.
Claude poté apprezzare la bella giornata che stava volgendo al termine, fu essenziale per lo svolgersi di quel giorno la sensazione di felicità che la sua bambina poté vivere, che era l'unico aspetto importante per lui.
Dormì nella sua stanza, quella della sua infanzia, tanti ricordi gli vennero in mente, tante aspettative e sogni aveva fantasticato in quella camera, non ne realizzò nessuno.
Sognava di diventare un grande calciatore e invece divenne un comune e sconosciuto pittore, desiderava un amore per sempre e una famiglia felice, si ritrovò separato e solo con la propria figlia.
Nella sua ingenuità c arroganza, credeva che avrebbe potuto decidere della propria vita, che le scelte che lo riguardavano fossero fatte da lui e non da altri.
Non fu così, imparò sulla propria pelle e con tanto dolore che la sua vita potesse essere decisa da altri. Lo era stato nella sua infanzia, allora aveva tentato di opporsi, ma era troppo piccolo per riuscirci.
Quando crebbe s'illuse di poterlo fare, ma l'unica decisione che poteva prendere veramente era l'accettazione della vita, così come si svolgeva, evitando di opporsi a tutto ciò che era immutabile.
La notte fu breve, trascorse veloce, Nicole si alzò un po' più tardi rispetto al suo solito, era sveglia solo la nonna, già impegnata in cucina a preparare i pranzi di quel giorno.
Andò da suo padre, si diedero il bacio del buongiorno, voleva chiamare la madre, ma il telefono era completamente scarico, privo di energia.
Non trovò il carica batteria nel posto dove credeva di averlo lasciato, cominciò a cercarlo, aprì la valigia, tirò fuori i panni lanciandoli in terra, sperava che potesse essere coperto dai suoi vestiti. Fu un gesto vano, era disperata, stava tenendo un atteggiamento compulsivo. Alzò le coperte, guardò sotto il letto.
Claude la osservava, le si avvicinò e la fermò.
Con un tono fermo e deciso le disse:
"Cosa stai facendo? Calmati!"

"Papà non trovo il mio carica cellulare, non posso chiamare
mamma, ho il telefono scarico" gli urlò Nicole.
Cercò di placare la sua ansia, e poi le disse con un tono
rassicurante:
"Puoi chiamare con il mio e poi insieme lo cercheremo".
La bambina si rasserenerò e chiamò la madre. Claude
assistette alla sua telefonata.
Nicole le disse il motivo per cui non poté chiamarla con il
suo cellulare, il suo atteggiamento era di completa
sottomissione, era impaurita, la sua voce era remissiva
sembrava che si fosse resa colpevole di chissà quale atto
malvagio nei suoi confronti. Cercava di difendersi dalle
affermazioni che la madre le faceva al telefono.
Lui non sopportava di vederla così, Nicole non aveva fatto
niente di male.
Claude ragionò sul senso profondo e sull'utilità che
quell'oggetto potesse rappresentare: indirettamente non
avrebbe potuto permettere l'utilizzo del suo cellulare ormai
privo di energia. Avrebbe potuto servirsi del suo di
telefono.
Da quella considerazione ne scaturì un'altra: utilizzare il
telefono di Claude avrebbe impedito alla madre di poterla
chiamare tutte le volte che avesse voluto, perché lui non
l'avrebbe permesso.
Quando Nicole stava con lui, la madre non doveva chiamarla
in continuazione, doveva lasciarla vivere con lui e
soprattutto senza di lei. Ma lei non ci sarebbe riuscita
perché era asfissiante, controllante, estremamente
impositiva, era la sua modalità d'amare e Nicole purtroppo
non riusciva a sottrarsi a quella sua condotta. Non sapeva
se lo facesse per paura, per bisogno o per entrambi i
motivi.
Claude però era sicuro di una cosa: lei soffriva
terribilmente, perché non riusciva a opporsi a lei, o perché
sentiva di non riuscire a stare senza di lei.
Quello strumento tecnologico le permetteva di esercitare il
suo controllo e di perpetrare il legame originario fra lei e
Nicole, così difficile da tagliare, ma così importante da
spezzare per far sì che la vita della futura donna Nicole
potesse essere basata su scelte emotive, affettive,
pratiche, effettuate senza alcun obbligo e condizionamenti
interiori ma esclusivamente nel rispetto dei proprio vero sé
e dei propri desideri innati.
Claude non avrebbe mai voluto che Nicole non potesse essere
in grado di scegliere un comportamento, una condotta, perché
non condivise e approvate dalle figure di riferimento troppo
importanti per lei. Non avrebbe dovuto rinunciare ai suoi

sogni, alla sua vita per paura e incapacità a sopportare il loro dissenso, il loro rimprovero e il loro rifiuto ad amarla più o meno manifesto ed evidente. Era ciò che avrebbe desiderato più di tutto per la sua bambina.

Claude si accorse dolorosamente che aveva fallito nella sua funzione più importante connessa al ruolo di padre: staccarla dalla figura materna e indirizzarla verso una situazione di vera libertà interiore, che per essere tale doveva essere supportata da una forza interiore, da una coscienza di sé e da una identità definita e autonoma.

Ritornarono prepotentemente nella sua coscienza i sensi di colpa per averla lasciata, per essere andato a Roma a partecipare alla mostra collettiva, ma pensò che l'emotività che presentava Nicole non si fosse potuta definire in quel solo mese di assenza di Claude. Era irrisorio quel brevissimo periodo rispetto agli otto anni di vita che lei aveva vissuto, ma soprattutto non era una questione di durata della relazione ma di modalità malata della relazione.

Quello stato di cose si era compiuto lentamente, giorno dopo giorno come una goccia cinese che compieva i suoi effetti senza potersene accorgere e lui effettivamente non si era reso conto di quello che succedeva.

Claude era attento al suo comportamento, la libertà e l'indipendenza affettiva si sarebbe dovuta realizzare anche nel rapporto con lui. Non voleva che lei avesse in relazione a lui atteggiamenti univocamente accondiscendenti e non veri, desiderava che Nicole manifestasse anche rabbia, odio, nei suoi confronti, se li provava. Ne avrebbero parlato, avrebbero discusso, avrebbero litigato ma lui sarebbe stato sempre lì ad amarla e a darle il suo appoggio e sostegno, perché fare ciò che si sentiva intimamente di fare e continuare a essere amata era la formula magica che le avrebbe permesso di acquisire finalmente la sua libertà interiore e di amare a sua volta con intensità e verità.

È il compito fondamentale di ogni genitore ed è la finalità ultima e conclusiva del percorso di crescita di ogni bambino.

Finì la telefonata con sua madre, Nicole sembrava leggermente più tranquilla e serena.

Si misero insieme a cercare il carica batteria, guardarono con attenzione in ogni parte, Claude lo trovò, stava in un angolo sotto il letto. Nicole fu sollevata dal ritrovamento, lo abbracciò, stringendolo forte a sé. Sembrava che l'avesse salvata da un pericolo insormontabile e mortale.

Si svegliarono tutti in casa, la vita riprese caotica ma gioiosa, era l'allegria che potevano dare solo i bambini.

Continuarono con spensieratezza a giocare, a ridere. Vivevano intensamente ogni minuto di quella giornata, sapeva che non l'avrebbe incontrata per molto tempo la cugina.

E così giunse il momento di salutarsi, si diedero un grande bacio, dandosi un appuntamento sommario che loro non avrebbero potuto mantenere.

Claude salutò i suoi cari, non sapeva quando li avrebbe rivisti, era triste e malinconico, ma non lo fece vedere a Nicole.

Rientrarono a Parigi in tarda serata, avrebbe voluto affrontare la sua ex moglie, ma desistette. Non voleva che la sua bambina assistesse ai loro furiosi litigi, le avrebbe nuociuto tanto quanto l'argomento che si sarebbe dovuto discutere.

La lasciò baciandola sulla fronte e se ne andò con una grande preoccupazione nel cuore, che non avrebbe voluto mai sentire.

# GIORNI INDIFFERENTI

Le feste natalizie erano passate da molte settimane, Claude trascorreva i giorni senza particolari sussulti. Noia e indifferenza riempivano il suo tempo.
Non dipingeva da alcuni mesi ormai, esponeva senza continuità a Montmartre i pochi quadri che gli erano rimasti.
Non poteva più permettersi il lusso di perdere tempo, doveva risolvere la sua crisi interiore, avrebbe dovuto trovare al più presto altri stimoli per poter riprendere a dipingere.
Quando sentiva quella forte ansia premere sulla sua anima, la situazione diventava ancora più complicata e faticosa.
Doveva cominciare da capo, fece finta di non avere colori, pennelli, spatole e quant'altro. Si recò nel negozio dove si serviva normalmente. Acquistò tutto l'occorrente, andò a casa e provò.
Aveva un'urgenza esagerata di vederlo subito finito il suo quadro, lo realizzò, ma era estremamente penoso. Stava entrando in un tunnel profondo di disperazione. Con un gesto rabbioso spaccò il supporto di legno, si sedette mettendosi la testa fra le mani.
Rimase così per qualche secondo, tirò fuori tutta l'energia che aveva dentro di sé, prese un altro legno di dimensioni trenta per quaranta e ritentò.
Non doveva avere fretta, fece lentamente tutti i passaggi necessari, realizzò sommariamente tutte le parti del soggetto, non ricevette immediatamente soddisfazione dalla rappresentazione in itinere.
Si era stancato di dipingere, aveva consumato moltissime energie psicofisiche, smise e uscì a fare una passeggiata.
Non pensò al quadro, cercò di distrarsi, girò nel quartiere cercando di incontrare qualche amico, qualche conoscente con cui parlare e distrarsi.
Rientrò a casa, non era assolutamente rilassato. Vide nella cassetta della posta una lettera.
Era di Laura, non se l'aspettava, erano molti giorni che non riceveva messaggi e chiamate da lei e tanto meno lui le aveva inviato sue notizie.
Salì nel suo appartamento, era curioso di sapere cosa avesse potuto scrivergli. Sperava cose belle per lei, sarebbe stato un grande sollievo per Claude.
Cominciò a leggere:
"Caro Claude, quando riceverai questa lettera, io sarò già in volo per l'Australia. Non volevo partire senza salutarti, risentirti e farti gli auguri per il tuo compleanno che sarà

a giorni, ma non ho avuto il coraggio di chiamare, temevo d'infastidirti. Non avendo modo di darti un piccolo pensiero, ho voluto inviarti uno scritto di cui abbiamo parlato, ma che non ti sei portato con te, lasciandolo nella mia borsa: la leggenda del glicine, ti ricordi quando l'hai letto?
Si diceva che quando qualcuno si allontana da noi o ci ferisce, ci offre in realtà un'occasione di crescita. Ebbene io devo ringraziare "Spiriti liberi" come te, se sto imparando a distinguere l'infatuazione dal vero amore, la passione dal sentimento, gli incontri occasionali e opportunistici dalla "Vera amicizia", se ho capito che amore a volte significa lasciare libertà all'altro di non ricambiare. Tu puoi darmi solo amicizia e piacere; la mia natura è invece dare, condividere, amare e forse ho trovato il modo di incanalare questa mia esigenza in altre esperienze di vita che non siano solo i rapporti affettivi. Dipingere è la tua vera esigenza, restare libero e centrato su te stesso è quello cui tieni di più in questo momento della tua vita e io non l'avevo compreso. Comunque il mio affetto per te rimane sempre, anche se ho dovuto fare dei passi indietro. Spero di poterti rivedere e poterti raccontare tante cose… mi mancano le nostre chiacchierate, i nostri the al centro di questa bellissima città. Ti auguro una serena rinascita."
Claude la lesse più volte, e ogni volta che terminava la lettura, arrivava sempre alle stesse conclusioni: Laura sembrava aver accettato la sua partenza e soprattutto il fatto che lui non l'amasse e non l'avesse mai amata.
Era un'ottima costruzione mentale e logica, ma non emergeva alcun elemento che potesse attestare un nuovo e vero approccio al suo essere.
Non erano presenti accenni e riferimenti ai suoi problemi psichici, al suo male di vivere, alla possibilità di fare veramente qualcosa di rilevante per la sua emotività. Si potevano solo rilevare aspetti e contenuti diretti a placare e a smorzare la sua angoscia, ma non a risolverla. Era la solita modalità apparente e superficiale, fondamentale per poter utilizzare i suoi consolidati meccanismi di difesa.
Aveva così manifestato delle sue convinzioni, necessarie per giustificare l'assenza d'amore nei suoi confronti, che aveva attribuito al carattere e al modo di essere di Claude. Stava difendendo strenuamente il proprio Io dall'attacco del suo inconscio, e consapevolmente era riuscita a dare un significato a quello che non era stato.
Claude non prestò particolare attenzione a cosa scrisse su di lui, non gli interessavano le sue opinioni e i suoi

pareri, voleva solo rassicurazioni sul suo stato emotivo, tali che potessero impedire qualsiasi gesto sconsiderato. Almeno quelle le trovò in quella lettera.

Fece un ultimo pensiero: sarebbe stato temporaneo il suo conforto, non sarebbe stata in grado di far fronte a situazioni più gravi, le sue difese non l'avrebbero potuta aiutare.

Ripose la lettera in un cassetto della libreria che aveva nel suo studio, e in quella stanza rivide quell'abbozzo di quadro che aveva appena accennato.

Ci si sedette davanti, e senza accorgersene riprese a rappresentare la parte superiore del quadro, non aveva più ansia, si sarebbe potuta realizzare in qualunque modo.

Non sentiva stanchezza emotiva e psichica, e non provava alcun obbligo a compiere quei gesti pittorici, era una pittura tranquilla, anche se priva di forti sentimenti ed emozioni.

Passò tutto il pomeriggio a dipingere, riuscì quasi a completarlo, il soggetto scelto era semplice da realizzare per lui, ne aveva rappresentate decine di quelle immagini.

Il quadro era ben fatto e bello, ma non era vivo, intenso, originale. Claude era soddisfatto di ciò che aveva compiuto, non aveva dimenticato la sua crisi interiore e la sua profonda repulsione anche soltanto all'odore dei colori e dell'olio di lino che fino a poche ore prima gli aveva impedito di esternare la sua creatività.

La guardò quella sua nuova creatura, non riusciva a vederci l'eccellenza, ma rappresentava un momento di rinascita, era il simbolo di un nuovo Claude.

Non fece alcun ritocco su quel quadro, decise che non l'avrebbe mai venduto, trovò una cornice delle stesse dimensioni, lo incorniciò e l'appese nel suo soggiorno.

Rimase in quella stanza per un'altra mezz'ora, gli venne in mente Mario, il suo amico gallerista. L'ultima volta che l'aveva sentito era stato il giorno di Natale, in cui gli aveva inviato gli auguri.

Avrebbe voluto chiamarlo, era rimasta in sospeso la commessa del signor Di Stefano, Claude poteva dipingerlo quel quadro, ma soprattutto doveva dipingerlo.

Gli avrebbero fatto comodo altri tremila euro, in quel particolare momento di crisi economica.

Mario, se avesse avuto la conferma dell'ordine, lo avrebbe sicuramente chiamato.

Claude un messaggio glielo mandò:

"Io sono pronto per rappresentare il prato in estate".

Rispose subito il gallerista:

"Il signor Di Stefano ha ribadito il suo ordine, ho aspettato a chiamarti, perché volevo che fossi tu a dirmi che eri in grado di dipingere il suo quadro".
Mario aveva compreso benissimo la crisi di Claude, e sapeva che non avrebbe dovuto insistere nel convincerlo a riprendere a pitturare. Avrebbe dovuto attendere, e così aveva fatto.
"Puoi dargli la mia conferma." scrisse Claude.
Non era ancora in grado di realizzare un quadro dalle dimensioni richieste dal cliente di Mario, ma decise di rischiare.
Avrebbe voluto mettersi subito alla prova, non aveva nel suo studio tavole di grandi dimensioni. Non poteva provarci anche perché ricominciava a sentire una forte ansia da prestazione, e in quelle condizioni psicologiche i risultati non erano quasi mai buoni.

# LA SCELTA DIFFICILE

Sentì il suo telefono squillare, lo prese, sul display apparve il nome del suo amico gallerista. Si erano scritti ieri, avevano definito tutti gli aspetti essenziali, non riusciva a immaginare quale potesse essere il motivo della chiamata.
"Pronto Mario, come stai?" chiese Claude.
"Molto bene", rispose "devo però darti alcune informazioni sul lavoro che dovrai eseguire per il signor Di Stefano".
Si preoccupò, temeva che avesse rinunciato al quadro.
"Di che si tratta?" domandò.
"Non desidera più un quadro, ma vuole che tu gli faccia un Trompe-l'oeil, il dipinto dovrà essere collocato sulla parete della stanza da letto che sta di fronte alla porta d'ingresso".
Claude si ammutolì, non disse più niente.
"Ci sei ancora?" replicò Mario
"Sì,sì, ci sono." disse con una voce preoccupata.
Il pittore francese avrebbe dovuto nuovamente recarsi a Roma. Gli vennero in mente i pensieri e soprattutto le emozioni vissute alcuni mesi prima, quando era partito la prima volta.
Non avrebbe voluto sentire quelle sensazioni dolorose provate e non avrebbe voluto vedere sul volto di Nicole sentimenti di sofferenza e patimento. I suoi sensi di colpa l'avrebbero ucciso, e poi lei non poteva rimanere troppo tempo senza di lui.
Non sapeva cosa dire a Mario, avrebbe voluto che per magia quella parete di quella camera da letto si trasferisse nella sua di camera da letto, ma non poteva essere così.
Mario si rivolse ancora a lui:
"Non cambia niente per te fra una rappresentazione su una tavola o su un muro?"
"No, non c'è nessuna differenza." rispose Claude.
"Allora prendo in affitto per te lo stesso appartamento della volta precedente." precisò Mario.
La risposta di Claude fu positiva. Avrebbero dovuto ancora definire il periodo preciso in cui andare. Il signor Di Stefano doveva comunicare l'accessibilità alla propria abitazione.
Aveva accettato di andare, non era pienamente convinto della scelta fatta, ma a Claude serviva quel denaro. Non disse a Mario che non voleva lasciare Parigi e sua figlia.
Cominciò ad approfondire e sviscerare le sue paure, i suoi dubbi. Erano esclusivamente sue angosce e suoi timori.

Non riusciva a intravedere i progressi che Nicole aveva fatto in relazione all'esperienza precedente, vissuta inizialmente in maniera dolorosa, ma che successivamente le aveva permesso di accettare la separazione da suo padre. Era riuscita ad appropriarsi di un meccanismo essenziale quanto banale per il suo percorso di crescita: è andato via ma è ritornato.
Lui invece non riusciva a far propria la sua emotività, era sua l'incapacità a separarsi.
Era ancora rimasto tutto in sospeso, una scelta revocabile e delle emozioni da definire e aggiustare, Claude sentiva di dover stare con lei, aveva ancora davanti ai suoi occhi la scena di panico che Nicole aveva vissuto a Natale quando non riusciva a trovare il suo prezioso carica batteria del telefono.
Claude però non voleva ricordare che aveva individuato le cause di quel suo comportamento, che non erano da attribuire alla sua assenza ma alla modalità della relazione che si era instaurata con sua madre.
Trovava dei pretesti emozionali per non affrontare la sua incapacità a lasciarla e a stare senza di lei. Non glielo fece mai percepire questo sentimento, le avrebbe potuto provocare danni gravi, le avrebbe impedito di essere se stessa a prescindere da suo padre, non le avrebbe permesso di vivere una relazione con lui libera senza obblighi troppo pesanti ed esageratamente vincolanti. Lei non doveva cogliere un amore asfissiante e immaturo ma equilibrato e sempre presente per lei.
Claude per proteggersi da quella sua paura aveva invece atteggiamenti completamente opposti, esagerando, a volte con atteggiamenti non costringenti e coercitivi.
Era sempre particolarmente attento ai suoi comportamenti, ripercorreva nella sua mente tutto ciò che faceva e diceva quando stava con Nicole, cercando di capire i motivi, i presupposti e gli effetti della sua condotta.
Svolgeva una continua attività introspettiva, crudele e dolorosa, al limite della sopportazione emotiva. Stava arrovellandosi il cervello con domande, ipotesi e paragoni, quando arrivò l'ennesimo messaggio sul suo cellulare.
Era ancora Mario, gli comunicava che poteva partire fra quindici giorni. L'appartamento sarebbe stato disponibile da quel momento. Gli scrisse che avrebbe ricevuto anche una somma maggiore rispetto a quella concordata inizialmente. Non sarebbero stati tremila euro, ma quattromila, gli rese meno dura la decisione che ormai sentiva di aver definitivamente preso.
Aveva deciso di partire.

# FINE DELLA VITA

Mancavano sette giorni alla partenza, stava realizzando un quadro di grandi dimensioni. Il soggetto era quello che avrebbe dovuto realizzare sulla parete della stanza da letto del signor Di Stefano. Incominciò quel quadro perché voleva evitare qualunque imprevisto e inconveniente nella sua realizzazione; memorizzava ogni passaggio, pennellata che apportava su quella tavola.
Era fortemente insicuro e incerto, anche se l'esito che si stava prospettando era positivo. Era un'insicurezza interiore, non aveva potuto smarrire le sue capacità tecniche. Dipendeva esclusivamente da come lo vedeva e lo sentiva lui il quadro. Effettivamente era piacevole e ben fatto, ma a Claude non bastava, non esprimeva alcun valore e significato emotivo.
In realtà era la pittura che non rappresentava e non aveva più la funzione riparatrice che aveva avuto nella sua infanzia, quando gli permetteva di esternare il suo amore per sua madre sublimandolo e surrogandolo.
L'arte pittorica stava assumendo esclusivamente i caratteri di un'attività lavorativa che, se pur presentando aspetti creativi ed espressivi di sentimenti e sensazioni, non rilevava alcuna finalità psicologica per Claude nel senso che non traeva più origine da un bisogno interiore da soddisfare.
Avrebbe dovuto capirlo, altrimenti avrebbe mollato per sempre la pittura.
Continuò a dipingere tutta la mattinata, non si fermò neanche per pranzo.
Fu interrotto dal solito squillo del suo telefono. Era in attesa della chiamata che Nicole a quell'ora gli faceva tutti i giorni.
Non era lei, inaspettatamente era Laura che faceva risuonare il suo cellulare.
Dopo la lettera in cui gli comunicava il viaggio in Australia, aveva ricevuto da lei solo alcuni messaggi. Non immaginava cosa potesse dirgli, rispose senza pensare a niente di speciale:
"Ciao Laura, come va?".
Non sentì alcuna risposta, percepì solo un piagnucolio che non riusciva a comprendere.
Dopo alcuni secondi quel lamento si trasformò in pianto, disperato e senza fine.
Claude proseguì a chiamarla:
"Laura, Laura, rispondi. Perché piangi?".

Lei alla fine, disperata gli rispose:
"Claude, è morto mio marito".
Rimase senza parole, non sapeva cosa dirle.
Mille pensieri si affollarono nella sua mente, era la cosa
più grave che potesse capitarle da affrontare, dopo la morte
di sua madre. Ripensò al contenuto della lettera che Laura
gli aveva inviato prima di partire con suo marito per quel
lontano continente, alcune settimane prima. I dubbi che
aveva intuito quando l'aveva letta potevano purtroppo essere
confermati dalla fine della vita di suo marito.
Le chiese semplicemente:
"Com'è morto?".
Gli rispose smettendo di piangere per pochi attimi:
"Ha avuto un ictus ieri pomeriggio in ufficio"
"È una morte assurda," aggiunse Laura "non riesco ad
accettarla, non stava male, perché, perché proprio lui?".
Ripiombò nella più totale disperazione, un dolore senza fine
l'avvolse fino alla fine della telefonata.
Lui non poteva darle una spiegazione, nessuno poteva sapere
il perché della sua morte.
"Non so cosa posso fare per te" le disse Claude.
"Nessuno può fare niente per me." rispose apparentemente
rassegnata Laura.
Fu un duro colpo per lei, era rimasta veramente e
profondamente sola. Ce l'avrebbe fatta a superare quel
momento così drammatico?
Claude era pessimista, la persona che aveva lasciato a Roma
con quell'emotività e interiorità non sarebbe stata in grado
di uscirne indenne. Il suo vuoto interiore si sarebbe
ampliato, il suo io debole sarebbe stato annientato dalla
morte di suo marito.
Venendo meno la relazione, vennero a mancare il sostegno e
il supporto che lui le dava, ignorati da Laura, ma vitali ed
essenziali per lei.
Era quello il motivo per cui lei non ebbe mai il coraggio di
lasciarlo, pur non amandolo. Non era l'uomo dei suoi sogni
ma rimaneva con lui perché le permetteva di esistere, di
essere.
E cosa avrebbe potuto dare Laura a quell'uomo, tante volte
tradito con Claude e con altri uomini?
Niente, perché nulla voleva e poteva dargli, ma lui si
accontentava di poco, molto poco. Stare con lei nella stessa
casa, frequentare gli stessi amici, fare una vacanza insieme
e non essere lasciato. Lui sapeva che non l'avrebbe mai
fatto. Era la cosa più importante per suo marito, non poteva
vivere senza di lei, si sentiva inadeguato, era un

codipendente, accettava inconsciamente qualunque suo atteggiamento.
Accettava che lei potesse non amarlo, e ciò attribuiva a Laura un ruolo di forza nel loro rapporto, ma era una forza effimera finalizzata a un appagamento di uno stato di bisogno, perché il loro rapporto era fondato su aspetti di necessità: far fronte alla loro incapacità di essere individui distinti e separati. Era una relazione basata sulla dipendenza reciproca, asfissiante, nascosta e apparentemente inesistente, ma c'era e ambedue si nutrivano di questo legame.
Il destino per lei fu però crudele, avrebbe dovuto affrontarla la sua incapacità a vivere la solitudine. Ma questa la spaventava e le creava panico e disperazione, perché lei era un non essere con un vuoto infinito dentro di sé.
Il giorno successivo si sarebbero svolti i funerali, era l'atto conclusivo di quella vita, e l'inizio di una nuova per Laura, che non aveva mai potuto, anzi voluto iniziare, prima di quel tragico fatto.
Stava ancora piangendo al telefono, lei decise di chiuderla quella telefonata, con un semplice ciao che non permise a Claude nessuna replica.
Lui non le disse che sarebbe andato a Roma, non era sicuro di voler stare con lei, voleva pensarci prima di dirglielo.
Un dubbio lo assillava e gli avrebbe potuto impedire di starle accanto. La sua incapacità ad aiutarla e l'impossibilità di far veramente qualcosa per lei.
Di fondo non voleva che si potessero creare malintesi e fraintendimenti, su ciò che lui poteva darle e su ciò che lei voleva da Claude.
Le sue perplessità scomparvero però improvvisamente quando pensò alla sofferenza e al dolore che Laura provava e che sarebbero state ancora più irrompenti col passare del tempo.
Il trascorrere dei giorni avrebbe determinato il prendere sempre più coscienza della morte di suo marito, che si sarebbe potuta accompagnare a un senso di conclusione e di crollo emotivo e fisico di lei.
Claude era molto triste, cercò di riprendere a dipingere, ma il suo stato d'animo non gli permise di continuare a rappresentare l'immagine assolata di quel campo di grano in estate. Nel suo cuore non c'erano sole e luce, ma notte e buio, cupo e tetro.
Aveva desiderio di vita e solarità, decise allora di chiamare Nicole, di sentire la sua voce viva e fresca.
"Ciao amore, com'è andata la scuola?"

"Bene, papino," disse lei "oggi c'è stato il professore di astronomia, ci ha parlato del sistema solare."
"Fantastico!" ribadì Claude.
Nicole era entusiasta e affascinata dall'astronomia:
"Papà lo sai che noi giriamo intorno al sole, così ritorniamo sempre da dove siamo partiti?"
"Sì tesoro, ci impieghiamo trecentosessantacinque giorni e sei ore per tornare allo stesso posto da dove siamo partiti".
Lui fu colpito da quella semplice frase: ritorniamo sempre da dove siamo partiti.
Pensò alla sua partenza, sarebbe ritornato anche lui, era solo una questione di giorni. Decise che poteva essere il momento opportuno per comunicarglielo.
"Nicole devo dirti una cosa importante." disse.
"Che cosa?" chiese lei.
"Fra una settimana dovrò partire per Roma, ritornerò molto presto, solo pochi giorni." rispose Claude.
"Vai a fare un altro quadro, papino?" domandò con un tono di voce tranquillo e sereno.
"Sì, solo che lo devo realizzare su un muro e non su una tavola di legno." replicò Claude sollevato e stupito.
Nicole volle sapere quando sarebbe partito, Claude aveva deciso di muoversi il lunedì successivo.
Lei gli disse:
"Papà ti aspetto, lo so che ritornerai!".
Doveva semplicemente attendere il suo ritorno, sapeva che sarebbe avvenuto, lei era sicura dell'amore di suo padre.

# UN AMORE MALATO

Claude vide scritto sul cellulare:
"La vita mi ha tolto l'unico uomo che abbia mai avuto veramente! Scusami sono sul disperato volevo solo dirti che se non dovessi sentirmi nei prossimi giorni è perché ho bisogno di restare un po' nel silenzio".
Laura stava molto male, ma proprio nei momenti di grande dolore si manifestano le verità più nascoste e sconosciute.
Non scrisse che era venuto a mancare l'uomo che aveva amato, ma l'unico che abbia avuto: le persone si amano, si odiano, non si posseggono.
Era la sua modalità di amare, cioè quella di avere e controllare, che le permetteva di esistere. Era l'atteggiamento dei soggetti privi di individualità e di identità, che per avere la certezza di essere amati devono possedere; era l'aspetto di Laura che maggiormente dava fastidio a Claude, perché riproponeva la relazione di dipendenza, asfissiante e controllante, che aveva vissuto con sua madre e che aveva faticosamente debellato.
Era riuscito a trovarla e a riconoscerla quella modalità di pseudo amore, durante il suo percorso di analisi. Claude riusciva a individuarla sempre, ogni qual volta che si riproponeva, ma non la voleva sopportare, non ce la faceva, non era giusto subirla.
Era questo il motivo più rilevante e considerevole perché non amò Laura e mai l'avrebbe amata. Aveva però deciso di starle vicino, tenerezza e dispiacere erano i sentimenti che l'avvicinavano a lei, non c'era passione, sensualità, erotismo. Erano svaniti il giorno in cui aveva lasciato Roma per ritornare a Parigi.
Claude prese il suo telefono e scrisse il seguente messaggio:
"Domani sarò a Roma, dovrò realizzare un Trompe-l'oeil, resterò circa una settimana".
Questa volta, al contrario di molte altre, Laura rispose e anche immediatamente.
"Sono felice che tu venga, ho bisogno di te, ho bisogno di aiuto".
Claude sapeva cosa non poteva darle, ma non era a conoscenza di quanto immensa fosse la sua urgenza di sostegno.
"Appena arrivi mi chiami?" scrisse lei.
"Va bene, domani nel primo pomeriggio sarò a Roma e ti chiamerò." rispose Claude.
Si lasciarono, era giunta l'ora di andare a prendere Nicole a scuola.

Mangiarono insieme e videro un documentario sugli animali. Nel pomeriggio avrebbe svolto i soliti compiti, ma lui organizzò anche una passeggiata per Parigi, visita di alcuni negozi di giocattoli, e giochi al parco.

Le ore passarono velocemente, condivisero un'emotività leggera e pacata, erano allegri e non pensarono neanche un momento alla partenza di Claude.

Le comprò un piccolo giocattolo, che lei scelse accuratamente e che desiderava avere da molto tempo, non aveva nessuna funzione riparatrice e lenitiva di alcun dolore e dispiacere e tanto meno preventiva di tristezze future.

Il loro stato d'animo non era tormentato e angustiato come lo era stato quattro mesi prima, quando si erano lasciati drammaticamente. Non c'era malinconia ma un normale dispiacere di non potersi vedere per qualche giorno.

Claude l'accompagnò a casa, si baciarono dolcemente, un tenero sorriso comparve sui lo volti.

La loro separazione sembrava una cosa ordinaria e abituale, non aveva nulla di eccezionale e di particolare.

Lui le disse le solite frasi che un padre pronuncia ai propri figli, cioè di comportarsi bene, di studiare, di non far arrabbiare la madre, ecc. e Nicole accettò questi suoi lievi comandi.

Si sbrigò a ritornare a casa, doveva ancora preparare la valigia, non erano però molti gli indumenti da portare.

Impiegò una mezz'ora per infilarci tutto dentro. Non sapeva se portare con sé anche i colori, pennelli e tutto il resto del materiale che avrebbe potuto utilizzare.

Decise di acquistarli a Roma, poté chiudere il suo borsone e lo posò vicino alla porta di casa.

La settimana che avrebbe trascorso a Roma era quella di Pasqua, con i suoi riti e le cerimonie religiose, in cui si riviveva la morte e la rinascita di Cristo.

Era una settimana unica rispetto a tutte le altre, ma per Claude era irrilevante, lui era ateo, non aveva un Dio cui rivolgersi, non aveva un Dio da adorare, da ringraziare e da celebrare. Non era sicuro che esistesse, non voleva credere per abitudine, per bisogno e tantomeno per trasmissione genetica.

La giornata stava volgendo al termine, preparò le ultime cose, controllò che avesse preso il biglietto dell'aereo, memorizzò l'orario della partenza e quello in cui sarebbe dovuto recarsi all'aeroporto per imbarcarsi.

Non pensava a come si sarebbe svolta la sua vita a Roma, non sentiva più il bisogno di anticiparla, era pronto a viverla così come si sarebbe presentata.

# L'ARRIVO

Arrivò puntuale l'aereo su cui viaggiava, atterrò sulla pista dell'aeroporto di Roma in perfetto orario.

Aveva solo un bagaglio a mano, poté uscire velocemente, prese un taxi e si recò in galleria da Mario che l'avrebbe atteso per accompagnarlo all'abitazione del signor Di Stefano.

Lui era felice di rivederlo, lo salutò in maniera affettuosa e cordiale:

"Ciao Claude, sono contento di rivederti, come stai?" gli chiese Mario.

"In forma e pronto per cominciare il mio nuovo lavoro." rispose lui.

Mario si meravigliò di questo nuovo atteggiamento tenuto dal pittore francese. Non era ansioso come quando doveva inaugurare la mostra e nemmeno demotivato e demoralizzato come quando consegnò il quadro ai coniugi Di Stefano. Sembrava aver raggiunto un equilibrio interiore ottimale, che gli permetteva di vivere nel giusto modo ogni sensazione e sentimento che provava.

Andarono a piedi, in mezz'ora di camminata arrivarono all'appartamento. Furono accolti calorosamente. Claude vide il paesaggio marino che aveva realizzato la volta precedente, gli piacque moltissimo, molto di più rispetto alla sensazione e al ricordo che aveva di quel quadro.

Era una casa elegante, nuova, arredata con mobili antichi, i quadri appesi rappresentavano immagini di natura morta e paesaggi realizzati in maniera classica, ben fatti in base a criteri e canoni di pittura scolastici. Ma come tutta la casa erano freddi e privi di sentimento.

Andarono in camera da letto, era stata già completamente liberata, Claude avrebbe potuto iniziare da subito se avesse avuto con sé pennelli e colori.

I coniugi Di Stefano, sarebbero partiti per la settimana di Pasqua, lui avrebbe avuto a disposizione tutto l'appartamento e si sarebbe potuto gestire i tempi di lavorazione non avendo persone che potevano disturbarlo.

Diedero a Mario le chiavi di casa, e si accordarono di rivedersi il lunedì successivo.

I due amici uscirono e si avviarono verso la galleria.

"Andiamo a pranzo dalla nostra amica?" chiese Mario.

"No, ho voglia di andare a casa." rispose Claude.

Non gli disse che avrebbe chiamato Laura e che probabilmente si sarebbero incontrati.

"Vado allora ad acquistare il materiale che ti occorre." gli disse Mario.
Sapeva quali colori gli servivano e i tipi di pennelli che avrebbe utilizzato.
Claude lo ringraziò e s'incamminò verso casa. Prima di arrivare, prese il telefono e chiamò Laura:
"Ciao, sono arrivato e sono libero tutto il giorno"
"Ciao Claude posso vederti quando voglio adesso" e aggiunse Laura, "al solito posto alle sei?"
"Per me va benissimo." rispose lui.
Entrò in casa, posò la sua valigia, nulla era cambiato in quell'appartamento rispetto a quattro mesi prima.
Aveva tempo per sistemare i suoi indumenti nell'armadio, aprì le finestre per far cambiare l'aria all'interno della casa e si fece una doccia calda e ristoratrice.
Uscì con molta calma, salutò il barista sotto casa e si avviò per recarsi all'appuntamento.
Quella strada che cominciò a percorrere l'aveva attraversata molte volte, gli era diventata familiare e tale era rimasta.
Sarebbe rimasta nella sua mente per sempre, così come i ricordi che provocava.
Non fece caso al tempo che passava e così giunse all'appuntamento in ritardo, rispetto all'orario concordato.
Laura non era ancora arrivata, Claude si meravigliò di ciò, generalmente la donna era sempre puntuale, se non addirittura in anticipo.
Claude pensò che avesse avuto un imprevisto o che magari avesse rinunciato. Decise di chiamarla, era trascorsa mezz'ora dall'orario stabilito per l'incontro.
Il telefono squillava libero:
"Pronto Laura stai arrivando?"
"Sono già arrivata, se ti volti mi vedi." disse lei.
Claude si girò e la vide. Era dimagrita, il suo viso, pur se truccato, manifestava fatica e dolore. Il suo fisico dimostrava tutta la sofferenza emotiva e affettiva che aveva provato e che continuava a sopportare.
Si avvicinarono lentamente, lui l'abbracciò, lei fece altrettanto, ma con freddezza e senza alcun trasporto.
Il corpo di Laura era rigido, bloccato, non lo baciò sulla guancia, lo fece solo Claude.
Lui la strinse a sé con forza e sentimento. Un sentimento di dispiacere e di pena per lei, ma anche di comprensione, di sostegno e protezione.
"Come stai?" le chiese.
"Molto male, anche se non riesco a capire cosa mi stia accadendo, è come se vivessi in una favola assurda e incomprensibile." rispose Laura.

Era una sorta di rimozione consapevole, cercava di recepire la realtà in maniera attenuata, perché la realtà era infelice e infausta.

"Andiamo alla solita sala da the?" le domandò.

"Non potremmo trovarne un'altra?" rispose Laura.

Troppi ricordi erano presenti in quel locale, che lei non voleva rammentare e rivivere.

"Come vuoi." disse Claude.

Ne trovarono un'altra sulla stessa strada, entrarono e si accomodarono all'unico tavolo libero rimasto.

Presero entrambi un the alla cannella insieme a dei mignon.

Erano seduti uno di fronte all'altra, Claude le prese la mano e la strinse, lei tentò di sottrarla alla sua presa, senza riuscirci.

"Perché sei ritornato da me?" gli chiese Laura.

"Perché stai tanto male e potresti fare qualche stupidaggine." Rispose Claude

"Non ti preoccupare, non voglio uccidermi." replicò lei.

Claude non fu rassicurato dalla sua affermazione, perché Laura non lo disse pensando a quello che stava dicendo ma quasi in maniera robotica, nel modo in cui si ripete una poesia, imparata a memoria, non capendone però il contenuto e il significato.

"Hai ancora tutta una vita da vivere, un figlio cui pensare, delle amiche che ti vogliono bene e…"

Lei lo interruppe:

"E la nostra amicizia, no? Ma sappi che per me è stato difficile allontanarmi da te e la cosa ancora mi fa male." disse Laura.

"Sì, la nostra amicizia." ribadì Claude.

Lui cercò di spostare il loro dialogo verso aspetti pratici e concreti, non voleva che si parlasse della loro relazione e allora le chiese:

"Dovrai fare molti sacrifici economici per poter andare avanti."

"Non ci sto pensando, l'unica cosa che mi afferra e mi stringe, in questo momento, è la solitudine. È arrivato il momento di affrontarla, non posso più scappare, tanto non c'è luogo in cui non mi raggiunge e mi prende. È come la mia ombra, esiste in quanto c'è la luce e ci sono io, ma se elimino la luce, scompare anche la mia ombra".

Non gli piacque a Claude quella metafora, ma non lo disse.

"In Francia esiste una sorta di pensione indiretta per le vedove dei defunti," asserì con certezza "e qui in Italia?".

Voleva che Laura pensasse ad altro.

"Non lo so." rispose lei, quasi scocciata.

Voleva andar via da quel posto, si sentiva soffocare.

"Andiamo?" disse.
Claude accettò di uscire, passeggiarono per quella zona che conosceva benissimo.
Riuscì ad abbracciarla, Laura sembrava aver allentato le proprie difese, sapeva di essere vulnerabile, ed era proprio per questo che non voleva lasciarsi andare.
Non voleva illudersi, era cosciente di ciò che Claude provava per lei, almeno quattro mesi fa. Per lui significava vivere una storia d'amore leggera non impegnativa, allegra, priva di vincoli inutili. Poter liberamente ricevere una telefonata dalle sue amiche senza essere accusato di avere un'amante, non dover svolgere un ruolo da psicanalista ma di compagno. Non sentire il suo controllo, e non dover percepire atteggiamenti asfissianti, assillanti e tanto altro.
Adesso Claude voleva essere semplicemente un amico disponibile e affettuoso, ma Laura aveva effettivamente accettato di non essere amata da Claude?
La sua emotività era mutata realmente? La sua paura di lasciarsi andare stava a testimoniare invece il contrario, anzi, la morte del marito aveva ampliato quel suo pseudo amore, fatto di bisogno e dipendenza.
A Laura serviva un uomo, un marito, un compagno, non un amico che la confortasse e sostenesse. Era troppo poco per lei. Claude non poteva darle quello che lei chiedeva, sarebbe stata la sua fine e la sua morte.
Arrivarono alla fermata del metrò, Laura era stanca, Claude se ne accorse e così le chiese:
"Vuoi andare a casa?"
"Sì, ti dispiace?" rispose Laura.
"No assolutamente, possiamo vederci domani sera a casa mia, ti preparo la cena?" disse.
"Non lo so, ti chiamerò domani e ti darò la conferma." precisò lei.
Andò via delusa da quell'incontro, così parve a Claude, ma non dipendeva da lui, non si sentiva responsabile di quello che lei provava.
Claude s'incamminò verso casa, mandò un messaggio a Nicole augurandole una dolce notte e in maniera tranquilla cominciò a fumarsi una sigaretta.
Domani avrebbe dovuto iniziare il Trompe-l'oeil, era rilassato, non sentiva agitazione per questo nuovo lavoro che lo attendeva.
Si sentiva sicuro di sé, delle sue capacità tecniche e soprattutto non dava un significato psicologico a quel suo atto pittorico.

L'emotività non influenzava più la sua arte pittorica, si era liberato da quel suo bisogno pressante che non necessitava di essere riparato e sanato.

# UN BACIO INVOLONTARIO

Stava aspettando Mario, seduto al tavolino del bar sotto casa. Doveva portargli le chiavi dell'appartamento. Stranamente arrivò puntuale, portò con sé colori, pennelli, trementina e stracci in abbondanza.
Andarono insieme, entrarono in quella casa con uno strano senso di soggezione e d'imbarazzo, si muovevano con molta circospezione, avevano timore di fare qualcosa che potesse nuocere e creare danno. Era come se stessero penetrando nell'intimità degli abitanti di quella casa, senza che loro ne fossero informati, completamente a loro insaputa e senza il loro consenso.
Claude doveva prendere confidenza con quel luogo, lo girò tutto e si recò infine nella stanza da letto.
Spostò alcuni mobili, doveva avere libertà di movimento, portò una scala necessaria per dipingere le parti alte della raffigurazione.
Disegnò un perfetto rettangolo sul muro, sul quale doveva sviluppare la finestra da cui si sarebbe potuto ammirare il caldo campo di grano. Dipingerla era la parte più difficile, sarebbe stata decisiva per attribuire profondità, prospettiva e tridimensionalità al dipinto.
Doveva rappresentarla in maniera iperrealista, scelse una finestra con elementi di semplicità, senza particolari arzigogoli e complessi aspetti architettonici.
Ci voleva comunque, precisione, cura del dettaglio, tutti aspetti e principi che non erano propri del carattere di Claude e del suo modo di dipingere.
Si concentrò, procedette lentamente, passò tutta la giornata a realizzare quella finestra, utilizzò pennelli di piccole dimensioni a punta fine, rappresentò tutti i particolari, anche quelli più irrilevanti, per renderla uguale al vero.
Era un lavoro molto faticoso, occorrevano pazienza e attenzione. Si fermava spesso per riposare gli occhi, in quei momenti di pausa rivolgeva lo sguardo al display del suo cellulare, per accertarsi dell'invio di eventuali messaggi.
Aspettava una risposta da Laura per l'invito a cena, ma non ricevette alcuna comunicazione. Lui non l'avrebbe chiamata, era lei che doveva decidere se andare o non andare, non voleva forzarla in alcun modo.
Dopo ogni interruzione riprendeva a dipingere, ritrovando subito la concentrazione e la tensione necessaria.
Era tardo pomeriggio, la luce del giorno era ormai esaurita, Claude non amava dipingere solo con la luce artificiale.

Smise definitivamente per quel giorno, la finestra era stata quasi completamente realizzata.
Pulì tutti i pennelli, ripose i colori in un ordine molto sommario e andò via.
Prima di recarsi a casa passò al supermercato ad acquistare qualcosa per cena.
Laura non chiamò e lui fece altrettanto.
Quella sera Claude mangiò solo, non era una situazione inconsueta, da quando si era separato era la normalità, non aveva alcuna difficoltà a vivere la solitudine, ma non si sentiva solo, c'era sempre Claude nella sua individualità e interezza a fargli compagnia.
Cucinò una semplice fettina di carne che mangiò insieme a un piatto di finocchi.
Era tranquillo e rilassato, un senso di benessere lo avvolgeva, anche se fisicamente era stanco e affaticato.
Sentiva un desiderio gioioso di chiamare Nicole.
"Pronto amore di papà, come stai?" disse Claude.
Lei rispose felice:
"Bene, e sono tanto contenta di sentirti papino, tu hai finito il quadro?".
Sorrise Claude pensando alla tenerezza e all'ingenuità di Nicole.
"No, è un quadro molto grande, ho finito solo una parte, quella più difficile." disse lui e aggiunse: "Potrei ritornare a casa fra tre giorni, tesoro"
"È bellissimo papà." esclamò Nicole.
"Buona notte amore." replicò dolcemente Claude.
Andò a dormire, con un animo leggero e desideroso di provare sensazioni piacevoli e soddisfacenti.
E fu così, la mattina si svegliò contento, passò una notte felice e appagante, così erano le sensazioni che aveva dentro di sé al momento del risveglio.
Si preparò in fretta, era ansioso di continuare a lavorare al Trompe-l'oeil del signor Di Stefano.
Non rinunciava però a compiere alcuni comportamenti come prendere il cappuccino al bar sottostante e fumarsi la sigaretta seduto al tavolino.
Queste azioni si erano ormai trasformate in veri e propri riti, si avviò con un passo veloce e costante verso casa.
Entrò in quell'appartamento con un atteggiamento più sicuro e familiare, aprì le finestre per far entrare la luce del giorno e si recò in camera da letto.
Dovette attendere circa quindici minuti, prima di iniziare a dipingere, attendeva che i raggi del sole arrivassero anche in quella stanza per avere l'illuminazione ottimale.

Ricominciò da dove aveva terminato il giorno prima: l'esecuzione della finestra.

Utilizzò i colori che erano avanzati, non si erano ancora essiccati, fece altri ritocchi alla finestra, si allontanò per vederla da una certa distanza: l'impressione fu positiva, sembrava ben costruita e sufficientemente reale.

La sua realizzazione era conclusa, poteva finalmente cominciare a rappresentare, il campo di grano. Prese un altro piatto di carta bianco, Claude utilizzava questi recipienti per mischiare i colori, non aveva la classica base di legno. Strinse i tubetti dei colori che aveva scelto e fece cadere in quei contenitori la quantità di sostanza necessaria.

Iniziò, come faceva di solito, dal cielo. Era azzurro, limpido e splendente con delle nuvole bianche, faceva percepire un dolce calore, non eccessivo, afoso e insopportabile ma delicato e piacevole.

Non impiegò molto tempo per realizzarlo, passò a rappresentare il prato giallo, non doveva essere eccessivamente brillante. Utilizzò del giallo primario con del giallo ocra, quest'ultimo avrebbe attenuato la lucentezza del primo.

Riprodusse i fili di erba utilizzando delle gradazioni di giallo diverse da quello utilizzato per fare la base del prato a cui aggiunse linee di verde molto chiaro.

Era un lavoro meticoloso, interminabile, ma fortunatamente non obbligatoriamente preciso.

Erano due ore che non fumava, si prese una pausa, non volle farlo in casa però, non voleva sciupare e rovinare quell'odore di pulito che si avvertiva.

Uscì in balcone e si fumò una meritata sigaretta. Era piacevole e intensa, come la prima della mattina, quella che si faceva appena essersi svegliato dopo aver preso il caffè.

Un paesaggio antico si vedeva da quel terrazzo, tetti di palazzi costruiti molti anni addietro, piazzette del periodo di Giordano Bruno, e strette strade in cui passarono infinite carrozze trainate da stanchi cavalli.

Finì la sigaretta e rientrò nella stanza da letto, stava per riprendere a stendere fili di erba gialli ocra, quando sentì squillare il suo cellulare.

Laura gli aveva inviato un messaggio:

"Se ti va ancora, questa sera posso venire a cena da te." scrisse lei.

"Certo che mi va. Alle otto può andar bene?" rispose Claude.

A lei andava bene.

Lui ricominciò a dipingere con minor entusiasmo rispetto a prima dell'interruzione.

La ripetizione del gesto pittorico lo stava annoiando e
infastidendo, decise di aggiungere degli alberi, cespugli e
alcuni punti d'ombra, per variare il soggetto da
rappresentare.
Continuò comunque, a dipingere tutto il pomeriggio, non si
fermò neanche un momento, non mangiò, non fumò alcuna
sigaretta, era deciso a voler finire quel suo dipinto il
prima possibile.
Arrivò però l'ora di smettere, sopraggiunse la stanchezza e
la luce cominciò a scemare. Guardò la rappresentazione nella
sua completezza, per un attimo sembrò di entrarci in quel
paesaggio.
Rilevò alcune parti che dovevano essere modificate, le segnò
su un foglio, non ce l'avrebbe fatta ad apportare quelle
modifiche, le avrebbe realizzate il giorno successivo.
Era stravolto, si limitò a pulire i pennelli, gli altri
oggetti rimasero immutati e fermi al posto in cui li aveva
lasciati, dopo averli utilizzati.
Chiuse tutte le persiane, e lasciò aperti i vetri della
stanza da letto, voleva far cambiare l'aria ormai pregna di
odore di trementina e olio di lino.
Si avviò lentamente verso casa, salì e si sdraiò sul divano,
aveva voglia di riposare e rilassarsi.
Attendeva l'arrivo di Laura, era tranquillo e sereno, e
pensava a cosa avrebbe potuto cucinare per lei.
Il giorno precedente aveva comprato al supermercato del pesce
surgelato e delle telline. Voleva prepararle degli spaghetti
e del pesce al forno, piatti semplici da cucinare, ma per
Claude, data la sua limitata capacità, potevano risultare
alquanto complicati.
Sentì squillare il citofono, era arrivata puntuale come al
solito.
Entrò in casa, era particolarmente truccata ed elegante,
cercava la rinascita, almeno quella esteriore, poteva essere
un buon inizio e cominciò proprio da li.
"Stai molto bene." le disse Claude.
"Grazie, tu invece hai un viso che esprime molto stanchezza
e fatica." rispose Laura.
"Sì è stata una giornata faticosa." replicò e le chiese:
"Hai appetito?".
Non aveva mai appetito, mangiava pochissimo, aveva
difficoltà a ingerire qualunque cibo.
Lei si sedette sul divano, Claude invece andò in cucina,
mise il pesce in forno, e ritornò in soggiorno.
Si accomodò sul divano accanto a Laura, poggiò il suo
braccio sulla spalla di lei. All'inizio si mostrò incerta

nell'accettare il gesto di Claude, dopo pochi attimi, appoggiò la testa sulla spalla di lui.
Il respiro si era fatto leggero, un senso di rilassatezza e di fiducia stavano invadendo il suo animo. Laura alzò la testa, si avvicinò alla guancia di Claude per dargli un bacio, lui involontariamente si girò verso di lei, le loro labbra si toccarono e involontariamente le loro bocche tremanti si baciarono.
Laura indugiò in quello stato, Claude invece si ritrasse delicatamente.
Era decisamente imbarazzata, e così gli disse:
"Scusa, ma non posso proprio…"
"Non posso cosa?" le chiese Claude.
Laura rimase in silenzio, non gli diede alcuna risposta, lui non insistette, aveva compreso lo stato di confusione di Laura.
Si alzò e andò in cucina, lei lo seguì, verificò la cottura del pesce e cominciò a preparare il condimento di telline.
Lui la guardò negli occhi e le chiese:
"Come stai?"
"Non capisco niente, sono turbata e disorientata." rispose Laura abbassando lo sguardo.
"Devi farti aiutare da qualcuno che sia in grado di farlo." suggerì Claude.
"A chi ti riferisci?" domandò lei.
"A uno psicoterapeuta, possibilmente donna." rispose Claude.
"Ho già fatto analisi, dopo la morte di mia madre, ma ho interrotto prima, non mi sembrava professionale quell'analista." precisò Laura.
"Non ti sembrava professionale. Che significa?" chiese Claude.
"Mi diceva come mi dovevo comportare, quali scelte dovessi fare." rispose lei.
Gli sembrò alquanto strana la motivazione che addusse per motivare la sua decisione.
"C'è stato un comportamento specifico e particolare che ti ha indotto a rinunciare al suo aiuto?" domandò Claude.
"Sì, mi disse che non ero innamorata di mio marito e che l'avrei dovuto lasciare, ma io non lo feci." rispose Laura.
Claude non si meravigliò del fatto che non lo fece. Quella psicologa aveva capito benissimo la modalità emotiva malata di Laura, in realtà non ci voleva molto a comprenderlo.
"Ne puoi trovare un'altra, no?" le consigliò Claude.
"Non lo so. Vogliamo mangiare adesso?" disse Laura.
I cibi erano cotti, li portò a tavola serviti su squallidi piatti di plastica. Lei non mangiò quasi nulla, al contrario

lui aveva molto appetito, era dalla sera prima che non mangiava, si divorò tutto.
Prolungati silenzi si inserivano fra loro due, durante la cena Laura si ammutoliva spesso, Claude non sapeva cosa l'avesse potuto provocare.
Poteva essere stato il bacio involontario che si erano offerti e il significato che lei aveva attribuito a quel gesto.
"Sei stanca? Vuoi andare a casa?" domandò lui.
"Non voglio andare, mi spaventa stare sola in quella casa." rispose la donna con un atteggiamento di panico, pensando che fra non molto si sarebbe dovuta comunque avviare.
Sarebbe dovuta andare a sconfiggere le proprie paure e i propri fantasmi. Non poteva fuggire e scappare e soprattutto nessuno si poteva sostituire a lei.
Stranamente, si accorse che Claude era molto stanco. Una volta tanto non era lei a stare al centro dell'attenzione e a richiedere premure, ma riuscì a sentire lo stato spossato di lui.
"Si vede che hai tanto sonno." gli disse.
"Sì sono stremato e sfinito, oggi ho lavorato moltissimo sul dipinto del signor Di Stefano. È quasi concluso e domani potrebbe essere terminato." ribadi Claude con soddisfazione.
"Allora riparti appena l'hai finito?" chiese Laura.
"Sì riparto subito, spero sabato, prima di Pasqua." lui disse con grande sollievo.
Laura non aveva fino ad allora pensato che lui potesse ripartire e lasciarla nuovamente. Aveva lo stesso atteggiamento di una bambina indispettita e ammusata cui il padre aveva rifiutato l'acquisto di un giocattolo.
"Sono stanca anch'io, mi accompagni a prendere un taxi?" chiese non guardandolo in volto.
Claude si preparò, prese il suo giubbotto e l'accompagnò ai taxi, dovettero attendere dieci minuti, non ce n'erano a disposizione.
Faceva freddo quella sera, Laura lo abbracciò per riscaldarsi, ed esitando un poco gli chiese:
"Perché hai voluto che venissi da te questa sera?"
"Per starti vicino in maniera tranquilla." rispose Claude.
"Solo questo?" puntualizzò Laura.
"Sì solo questo, ma vorrei rivederti domani sera" aggiunse lui.
Laura non rispose, arrivò il taxi, salì e andò via senza dargli una risposta, a malapena lo salutò.
Lui non disse niente, ritornò a casa senza provare particolari sensazioni e sentimenti: né rabbia, né affetto, né odio o amore.

Sentiva solo indifferenza per lei, era meglio così, era l'unico sentimento che gli permetteva di vivere un senso di calma e di pace interiore.
In quel momento la sua disposizione d'animo cambiò, i suoi sentimenti mutarono di colpo, era come se una forza interiore premesse per uscire e manifestarsi senza impedimenti.
Non sapeva se l'avrebbe incontrata il giorno seguente, l'unica cosa di cui era certo è che sarebbe ripartito appena il Trompe-l'oeil fosse stato completato.

# CONCLUSIONE

Si alzò molto presto, desiderava portare a compimento il suo dipinto entro quel giorno.

Un senso di frenesia caratterizzava i suoi gesti, arrivato a casa, aprì frettolosamente le finestre e tirò su le persiane. In camera da letto, l'odore di trementina era completamente svanito, si prese un momento di pausa per vedere con un atteggiamento rilassato la rappresentazione nel suo complesso.

Notò alcune correzioni da effettuare, gli ritornarono in mente le modifiche che aveva annotato sul foglio il giorno precedente, cercò quel pezzo di carta per verificare se fossero le stesse che aveva individuato in quel momento.

Cominciò da quei ritocchi, dopo che furono apportati constatò la loro rilevanza ed efficacia. Continuò con lo schiarire il cielo, aggiungendo un po' di bianco e di celeste chiaro.

Rappresentò altri alberi e siepi, aumentò i contrasti fra le zone di luce e quelle d'ombra, realizzò altri fili d'erba e spighe di grano.

Per Claude il dipinto era concluso, ed era soddisfatto di come si fosse realizzato. Chiamò Mario e gli chiese se veniva a vederlo. L'amico accettò, era ora di pranzo, chiuse la galleria e andò da lui.

"Hai compiuto un altro capolavoro." disse Mario.

"Ti piace veramente?" chiese Claude.

"Certo, perché me lo chiedi, non sei convinto?" replicò il gallerista.

"È mutato il mio stato d'animo, con cui ho realizzato il dipinto." disse Claude.

"È veramente bello." puntualizzò l'altro.

"Domani ripartirò per Parigi." gli comunicò Claude.

"E per il denaro?" chiese Mario.

"Mi puoi fare un vaglia o un bonifico e trasferirlo sul mio conto corrente." rispose Claude.

Il signor Di Stefano sarebbe rientrato lunedì dopo Pasqua, solo allora avrebbe potuto corrispondere il compenso stabilito, ma lui non voleva fermarsi altri giorni a Roma.

Insieme sistemarono casa, misero in ordine i pochi mobili che avevano spostato e andarono via.

Claude stava lasciando una persona conosciuta per caso, che si era rivelata un grande amico. Era tanto dispiaciuto.

Gli vennero in mente momenti della propria infanzia, quando finite le vacanze estive doveva lasciare i suoi amici per ritornare in città.

Era triste quel dolce bambino, si sforzava, tratteneva le sue lacrime, chiudeva forte i suoi occhi per non farle uscire, ma nulla poteva contro quel dolore e quella sofferenza ingestibile.
Salutò Mario, l'abbracciò ringraziandolo per tutto quello che aveva fatto per lui. Sentiva che non l'avrebbe mai più rivisto, non era un semplice congedo ma un addio definitivo e inesorabile.
Ritornò a casa, teneva un passo lento e testa chinata.
Chiamò Laura, voleva stare con lei quel pomeriggio per parlarci e magari ridere insieme. La chiamò e le chiese:
"Ci vediamo oggi pomeriggio?"
"Perché vuoi vedermi?" rispose Laura.
"Perché domani ripartirò per Parigi." replicò Claude.
"Hai finito il quadro?" disse lei.
"Sì!". Claude rispose con un senso di liberazione.
Decisero che si sarebbero visti alle sei, davanti alla nuova sala da the.
Claude andò a casa, preparò il borsone delle poche che cose che si era portato. Telefonò a Nicole per dirle che domani sarebbe arrivato a Parigi.
Era presto per recarsi all'appuntamento, uscì lo stesso, girò senza una meta precisa, desiderava stare solo con se stesso e le sue emozioni.
Voleva vedere più luoghi possibili, conosciuti e sconosciuti, importanti e banali, comuni e rari.
Il suo stato d'animo era malinconico, era quello di quando stava per abbandonare un luogo, una persona, o rinunciare a un sentimento.
Giunse sul luogo dell'appuntamento qualche minuto prima dell'orario stabilito, non dovette attendere molto tempo l'arrivo di Laura.
Era tesa, il suo viso esprimeva angoscia, anche se celata da un sorriso innaturale e finto.
"Ciao Claude, allora domani ritorni a casa?" disse lei.
"Sì ho prenotato un posto per il volo delle dodici e trenta." Claude rispose con una voce che non lasciava trasparire nessuna emozione.
"Sei felice di partire?" gli chiese Laura.
Claude rifletté un momento prima di risponderle, era contento di andare ma sapeva che se l'avesse detto a Laura, si sarebbe potuta dispiacere. Lui non voleva però più fingere e rinunciare alle proprie emozioni, un forte fastidio lo stava prendendo, non poteva sopportarlo, e così le disse:
"Sì sono contento".
Lei abbassò lo sguardo e gli domandò:

"Non ti dispiace lasciarmi?"
"No non mi dispiace andarmene. Mi dispiace che tu non riesca a essere qualcosa senza di me e senza gli altri." rispose Claude.
"Ho deciso di trovarmi una psicologa che possa aiutarmi." gli disse Laura.
Lui non era assolutamente convinto che lo facesse veramente, diceva molte cose tanto per dire, che poi non faceva.
Sperava che lo intraprendesse veramente quel percorso, sarebbe stato un inizio per lei.
"Questa volta non trovare alibi o giustificazioni, inizia e porta a termine la tua analisi." le disse.
Non entrarono nella sala da the, fecero una lunga passeggiata, momenti d'ilarità e spensieratezza erano da loro vissuti senza una particolare intensità.
Laura non parlava molto, sembrava che aspettasse che Claude le dicesse quelle parole che non le aveva mai detto.
Lui non le disse neanche in quel momento.
Era sera, Claude voleva andare, voleva chiudere quella giornata.
"Ho voglia di tornare a casa." le disse.
"Va bene." rispose Laura, "Ho da darti una lettera, che leggerai quando sarai solo." aggiunse.
Claude prese la lettera, la baciò come se fosse l'ultimo bacio che le avrebbe dato. Lei tratteneva le lacrime che prorompenti tentavano di uscire dai suoi occhi e gli disse:
"Lo so che non ci vedremo mai più, spero però che non mi dimenticherai e qualche volta penserai a me".
Claude annuì, si voltò e andò via. Laura rimase ferma e sola in quel posto, liberò il suo pianto e il suo dolore infinito di quell'addio, mentre la figura di Claude scompariva nel buio della notte.
Lui era triste per quell'addio e nello stesso tempo provava un leggero sollievo, ma non ne sapeva il motivo.
Era ansioso di leggere cosa avesse manifestato in quella lettera, che sembrava rappresentare l'atto finale della loro relazione.
Si sedette sul divano, aprì la busta, la tirò fuori e cominciò a sfogliarla, c'era scritto:
"Ciao Claude,
è l'alba di questo giorno di venerdì Santo. Mi sono svegliata con una strana sensazione di freddo sulle guance, come se qualcuno mi respirasse accanto, come la prima notte in cui è scomparso mio marito.
Mi dispiace per ieri, non me la sentivo di stare in intimità con te... i giorni passano e realizzo sempre di più ciò che è

stato, la vita che se ne è andata, il vuoto che si fa sentire sempre di più…
Confesso che adesso più che mai desidero spesso che tu possa ricambiare ciò che io provo per te… lo so è ingiusto e pretenzioso pretendere di essere amate, ma amare senza essere corrisposte è difficile e fa male… L'amore incondizionato è solo di una madre, solo un Dio ne è stato capace tanto da abbracciarlo nel legno di una croce… Eppure solo in questo tempo mi sono resa conto di essere stata molto amata e che invece di cercare ancora "qualcuno" dovrei restituire l'amore che mi è stato donato in questa vita in altre forme…
Resterò per te 'un'amica profonda'… 'un'amante meravigliosa'? Non lo so… non sono mai riuscita a scindere il sesso con l'amore! Forse ho bisogno di tempo, di far esplodere quello che mi urla dentro e poi raccogliere i pezzi e ricominciare… forse ho bisogno di stare male per poi stare bene e ricominciare… ma ho bisogno di tempo.
Ti auguro di trascorrere una serena Pasqua con le persone che ami veramente.
Ti abbraccio con tutto il mio affetto, a presto.
Laura."
A Claude venne subito in mente quel bacio casuale, non era stato un malinteso, era stato molto di più: un movimento e una mossa fortuita e involontaria, ma per Laura assunse un significato particolare.
Lei la recepì e interpretò come la richiesta di far l'amore con lei, cosa assurda per lui. In realtà era Laura che voleva, ma i suoi sensi di colpa le avrebbero impedito di farlo e sarebbero immediatamente svaniti se Claude le avesse detto di amarla.
Non avrebbe mai potuto innamorarsi, lo sentiva come un obbligo, una fatica, un impegno gravoso. Avrebbe dovuto riempirle il vuoto interiore immenso, non più da lei gestibile dopo la morte di suo marito, in quanto di entità mortale. Laura non avrebbe potuto dargli niente. Non sarebbe stata una relazione, perché qualunque tipo di rapporto ha come presupposto lo scambio, ma lui non voleva nulla da lei, perché nulla lei poteva dargli.
Laura confondeva il dare l'amore con il ricevere amore, e se qualcosa donava lo faceva sempre in funzione di ricevere qualcosa in cambio.
Gli aveva dato sensualità, erotismo, ma erano veramente sentiti oppure erano stati anch'essi strumentali per averlo e possederlo?
Claude strappò quella lettera, il leggero sollievo si trasformò in una piena e completa liberazione. Riuscì a

comprendere le motivazioni di quel suo stato, sembrava che si fosse finalmente liberato dalla presa asfissiante di strette catene emozionali.
Partì Claude con la consapevolezza che non l'avrebbe mai più rivista, non c'era malinconia e tristezza, era presente solo un senso di dispiacere per l'incapacità di Laura a sottrarsi a quel suo destino determinato decine di anni addietro.

# LA PRIMA LETTERA

Era passata appena una settimana da quando aveva lasciato Roma, la vita di Claude ricominciò con i soliti ritmi e la solita modalità. Riprese a dipingere e a esporre a Montmartre. Si dedicava a Nicole, le stava vicino cercando di accompagnarla nella sua crescita difficile e complicata.
Quel giorno stava rientrando a casa dopo aver esposto a Montmartre e trovò nella cassetta della posta una lettera, era di Laura.
Fino a quel momento non aveva ricevuto notizie da lei, né messaggi né telefonate, cominciò a leggerla:
"Ciao Claude, non vorrei disturbarti, ma ci tenevo a farti sapere che la mia domanda di pensione indiretta è stata da me inoltrata, ci sono buone probabilità che venga accolta. Volevo ringraziarti, senza il tuo contributo forse non l'avrei mai inoltrata o non ci avrei pensato. Non avrei voluto lasciarti ma non volevo correre il rischio di rovinare anche la nostra amicizia, sempre che non l'abbia già fatto: ho messo in primo piano i miei bisogni e non ho tenuto conto dei tuoi, né delle differenze tra me e te, del tuo vissuto e del mio. Ho cominciato ad allontanare tutte le mie conoscenze maschili e so che dovrò fare i conti anche con questo in analisi. Mi supportano le amiche di sempre, tenendomi lontano dalla depressione, il mio obiettivo ora è quello di ritrovarmi! Non vorrei perdere la tua amicizia perché di persone belle in giro se ne trovano poche... sempre se anche tu lo desideri. Non ti assillerò, tranquillo… finita la scuola e fatti gli esami di maturità lascerò Roma. Ho avuto diversi inviti, anche la mia psicologa mi ha consigliato di non restare a Roma se posso e porterò con me anche mio figlio. Ti abbraccio spirito libero, spero non mi dimenticherai… con l'affetto di sempre Laura..."
Claude ci trovò le solite frasi, i soliti lamenti, ma anche la consapevolezza che la loro relazione potesse essere solo di amicizia. Un'amicizia vera basata su uno scambio reciproco e disinteressato. Sembrava convinta di quello che diceva e asseriva, chissà? Lui non voleva andare oltre e non cercava più di capirla.
Lesse la parola psicologo in quella lettera, aveva deciso di intraprendere quella strada lunga e tortuosa di un percorso di analisi. Aveva seguito il suo consiglio, sarebbe stata sicuramente piena di sofferenza e dolore senza la certezza di una guarigione completa.

Claude le rispose non scrivendole una lettera, ma inviandole un lungo messaggio.

"Sono contento che tu possa ricevere la pensione indiretta e ti possa così facilitare la vita almeno dal lato materiale. L'amicizia resterà per sempre e non sempre ovviamente il pensiero ci sarà. Ti dico di parlare con la tua analista della nostra relazione e di quello che ci siamo detti, potrebbe aiutarla a capirti meglio. Parti e viaggia, può alleggerirti la vita, una vita leggera è sempre piacevole. Continua a crescere, non ci si ferma mai e non aver paura di non essere amata, tu continui e ci sei comunque. Non ricevi amore, se possiedi o controlli, se l'amore c'è, non è controllando che lo mantieni e lo fai crescere. Con affetto Claude".

Sperava che potesse veramente stare meglio, lo desiderava anche per lui.

Non riusciva assolutamente a intrattenere con lei quella modalità di relazione, neanche a mille chilometri di distanza. Sentiva la pesantezza del suo essere, la drammaticità e la negatività che lei gli trasmetteva. Non sopportava i suoi atteggiamenti vittimistici e disperati, sembrava che stesse per morire da un momento all'altro, in realtà con quell'atteggiamento chiedeva in continuazione attenzioni e cure.

Non era in grado di opporsi alle sue richieste di aiuto, era assillante, a volte in maniera sottile, altre in modo evidente ed esplicita. Claude sentiva una forte pressione addosso, un obbligo a darle ciò che lei richiedeva, erano sensazioni che era riuscito a sconfiggere, ma che si stavano riproponendo. Era la situazione da cui era riuscito nella sua infanzia a fuggire, quando riuscì a svincolarsi dalla stretta di sua madre, che non voleva accettare la naturale separazione di suo figlio.

Ogni messaggio o lettera che le scriveva era energia che si esauriva senza venir sostituita da altra forza nuova e forte.

Aveva faticato moltissimo per risollevarsi dal suo periodo buio dopo la separazione dalla sua ex moglie, ma sentiva che stava per ricadere in uno stato di morte, per essere risucchiato in un vortice nero e potente.

Non poteva darle più niente, ma soprattutto non voleva darle nulla.

Ma lei continuava a inviargli messaggi e sms, e così trovò questa ennesima lettera:

"Ciao Claude, non so se hai letto il mio sms o non hai avuto modo, o preferisci ignorarlo, mi dispiacerebbe se le cose fossero cambiate fra di noi... se hai da dirmi qualcosa,

oppure ho detto, ho fatto io qualcosa vorrei che ne parlassimo, se c'è una cosa cha la vita mi ha insegnato in questo ultimo tempo è non lasciare mai niente in sospeso o rinviare al dopo quello che si può affrontare subito. Intanto come stai? Hai ripreso a dipingere? Io sto vivendo una situazione altalenante, giorni meglio, giorni peggio…
È dura imparare a nuotare nel mare della vita anziché aggrapparsi, a volte penso di sprofondare e non tornare più a galla... altri giorni guardo il sole e cerco di respirarne tutta l'energia e il calore che mi mancano. È finita l'anestesia del tempo e ora che mi sono ridestata, le ferite fanno male. Ti prego, cerca di mettere da parte il tuo orgoglio maschile, se mai ti avessi ferito, non l'ho fatto volontariamente, anche in amicizia si cresce. Sto organizzando il mio viaggio in Israele non prima dell'estate ovviamente, magari a giugno. Ti abbraccio, sperando di risentirti presto… magari ti sembrerò assillante come sempre... che vuoi, io sono così. Baci Laura."
Claude non aveva il coraggio di comunicarle esplicitamente quello che lui sentiva e provava, sarebbe stato inutile, non avrebbe smesso per il fatto di averglielo detto o scritto.
Lui sperava che lo capisse, ma non era certo che ciò avvenisse.
Sembrava intimorita, titubante, addirittura intimidita, così si manifestava nelle sue lettere, non era la realtà, era invece come un suono sottile e silenzioso che delicatamente entrava dentro di lui senza che se ne potesse accorgere.
Claude però se ne rendeva perfettamente conto, la conosceva bene quella sua modalità di comportamento, l'aveva vissuta, sofferta e sapeva soprattutto riconoscerla.
Il bisogno quasi compulsivo di scrivergli era legato alla sua emotività: maggiore e più intenso era il dolore, la solitudine e il vuoto dentro di lei e più frequenti erano gli scritti che inviava a Claude.
Quanti messaggi gli scriveva, sentire il suono del cellulare che l'avvertiva dell'arrivo di sms gli procurava sentimenti di rabbia e nello stesso tempo di angoscia.
Cambiava frequentemente il suono del telefono, non avrebbe potuto impedire il giungere di quei messaggi, ma almeno non gli faceva percepire il fatto che stesse arrivando una sua ennesima notizia.

# LA SECONDA LETTERA

Esprimeva sempre gli stessi concetti, gli stessi temi, era come una bambina che in maniera ossessiva ripete lo stesso gesto per assorbirlo e memorizzarlo, ricevendone sicurezza e fiducia.
Centinaia di messaggi inviò a Claude, lui non rispose mai.
Questo atteggiamento tenuto da lui, rappresentava per lei una sorta di rifiuto, che non riusciva proprio ad accettare, perché significava non riconoscerla.
Gli effetti di questo meccanismo, doloroso per tutti ma che tutti devono e possono acquisire e far proprio, per lei erano amplificati dalla mancanza di un sé definito e di un Io forte e organizzato.
Non era in grado di tollerare la fine: momento insito e imprescindibile della vita. Viveva costantemente legata al passato, da cui non riusciva a separarsi e ciò le impediva di vivere il presente e il futuro.
Claude ricevette l'ennesima lettera, ormai stavano diventando prive di senso, tutte uguali, e sempre più noiose e opprimenti.
"Ciao Claude, spero di non disturbare, scrivo ai miei amici anche per distrarmi un po', sono a casa da una settimana e probabilmente ci resterò ancora per diversi giorni.
Ho preso un virus legato all'abbassamento delle mie difese immunitarie, sono finita anche al pronto soccorso. È lo scotto di un periodo di stress psicofisico! Adesso ho proprio toccato il fondo, non posso che risalire!
Negli ultimi tempi mi sentivo una mina vagante, e allo stesso tempo accusavo grande stanchezza. Finalmente ho forse trovato il mio guru, anzi la mia guru: una psicologa che mi sottoporrà anche a esercizi di rilassamento e meditazione.
Ti percepisco distante come tre mesi fa, forse ti sei semplicemente stancato di una donna in crisi esistenziale, questo lo capisco e non posso darti torto, comprendo che sei libero di andare per la tua strada se vuoi. Peccato averti incontrato in questo momento della mia vita ma certe cose non le scegliamo noi. In questo tempo d'introspezione ho cercato di fare chiarezza anche sulla nostra amicizia... storia... ex relazione? Non saprei come definirla.
Quando ti ho conosciuto in galleria a novembre scorso, ho provato subito una forte empatia con te, non era attrazione fisica, né voglia di una storia di letto, mi aveva colpito la tua malinconia, il modo in cui ti relazioni con una donna che mi ha indotto a pensare che tu abbia una particolare sensibilità e profondità di pensiero. Come è andata poi lo

sai anche tu. Nei momenti in cui difendevi i tuoi spazi, la tua vita e mi apparivi un po' freddo e cinico pensavo che ciò dipendesse dal tuo vissuto personale. Speravo le cose cambiassero col tempo, oggi una cosa mi è chiara: io ti volevo veramente, ti ho desiderato, ti ho cercato, tu sei solo inciampato in me, ti sono capitata davanti e ti sei preso quello che volevi. Non ti sto accusando di nulla, anche questo fa parte del gioco della vita e devo accettarlo, così come si accolgono i rifiuti, gli errori, i tradimenti… Sai è strano ma oggi che sto peggio di prima mi è esplosa una carica creativa, non faccio che scrivere e… fotografare, già ho scoperto la fotografia: ho ripreso un bellissimo prato di papaveri e altri scenari, li unirò alle mie poesie se potrò farlo. Mi sento sempre tua amica ma non ti assillerò con altre mail o sms, sappi che io ci sono se lo vuoi… Un mare di bene! Laura".
Sentimenti di rabbia invasero la mente e il cuore di Claude: avrebbe abusato di una povera donna ingenua e indifesa, prendendosi quello che voleva.
È vero fece l'amore con lei, con passione, erotismo e sensualità. Sembrava che anche a lei piacesse e lo volesse, ma lui poi scoprì e conobbe altro di Laura.
Era un altro difficile e faticoso che si scontrava con il nuovo Claude che stava venendo fuori.
Era forte il rammarico di Claude per non essere riuscito a trasformare una storia di passione in una relazione di amore.
Lei non si accorse mai del suo dispiacere, era troppo ripiegata su stessa. Non percepì mai il suo senso d'insuccesso, però non poteva essere che così. Lui non si sarebbe più accontentato di amori parziali e incompleti. Non aveva bisogno di un amore a tutti i costi.
Claude era categorico e perentorio. Chiudeva il passato e apriva il futuro, non rimaneva fermo in quello che era stato.
Era completamente l'opposto di Laura, lei permaneva in quello che era e ogni mutamento era un momento di morte da allontanare.
In quello scritto, Laura quasi giustificava Claude per non averla amata, come poteva farlo? Si era potuto stancare di una donna in crisi esistenziale, non poteva dargli torto, scrisse lei. Laura si era invece innamorata e non voleva una storia di letto. Lui fu infastidito da quel termine, percepì un senso denigrante e sporco di tutte le volte che fecero l'amore.

Aveva già deciso tutto lei, aveva programmato la loro vita, nella sua testa si proiettò il film della loro storia d'amore.
Ma Claude si sentiva invaso, gestito nella sua più profonda intimità e inconsciamente obbligato da quello stato malato di Laura.
Finì scrivendo: "Io ci sono se lo vuoi". C'era per cosa, pensò lui, cosa avrebbe potuto dargli? Niente che lui potesse desiderare, solo atteggiamenti infantili, controllo, possessività, angoscia.
Claude finalmente non avrebbe più ricevuto lettere o sms, così poté leggere in quella lettera; non l'avrebbe più assillato, lei scrisse.
Non le rispose, neanche in quell'occasione, poteva essere l'ultimo episodio della loro storia, ma a lui non interessava.
Bruciò la lettera, dimenticandosi delle asserzioni fatte da lei e delle sue conseguenti riflessioni e considerazioni.
Voleva chiudere per sempre la relazione con lei, era certo che non avrebbe ricevuto più alcuna notizia, voleva voltare quella pagina della sua vita.
Non fu così, il giorno seguente sentì il nuovo suono del suo telefono che indicava l'arrivo di un messaggio.
Pensò che potesse essere uno dei suoi tanti amici pittori, prese il cellulare, rimase sconcertato, era ancora lei.
Cosa volesse dirgli ancora, oltre a tutto quello che gli aveva già scritto, gli era sconosciuto.
Stava diventando un incubo, un tormento, non ce la faceva a sopportare il suo atteggiamento asfissiante che riusciva a fargli sentire a centinaia di chilometri di distanza.
Stava cominciando a odiarla, sentiva rabbia nei suoi confronti, sperava che la smettesse per sempre.
Avrebbe voluto non leggerlo quel messaggio, quale cosa assurda gli avrebbe potuto scrivere, quale lamentela, quale piagnucolio avrebbe rivelato?
Invece lo lesse, non riuscì a non farlo.
"Ciao… ieri mi sono venute a trovare le mie amiche… mi hanno portato del glicine… comincio a stare meglio, la mia malattia sta regredendo. Ma tu neanche un come stai? Non so cosa pensare".
Laura non voleva pensare all'ipotesi di un addio definitivo e immodificabile, faceva finta di non comprendere i silenzi ormai persistenti e prolungati di Claude. Non bastava non rispondere alle sue lettere e ai suoi messaggi, avrebbe dovuto essere esplicito, chiaro, senza possibilità di malintesi.

Prese il suo telefono e cominciò in maniera nervosa a battere i tasti delle lettere, spesso sbagliava e così ricominciava a scrivere la stessa parola.

Doveva calmarsi se voleva afferrare qualcosa di sensato.

Compose il messaggio, scrisse di getto:

"Non voglio più avere tue notizie, non voglio sentire i tuoi pianti, le tue lamentele, i tuoi drammi. Sono stanco di te e della tua vita.

Voglio vivere libero, leggero. Non posso darti ciò che mi chiedi, è vero sono un egoista, un individualista, ma non m'importa niente.

Non sopporto i tuoi modi, a volte velati, altri espliciti, di impormi la tua volontà.

Non riesco a essere tuo amico, i nostri modi di essere sono incompatibili e mi impediscono di vivere serenamente la nostra relazione.

Sei noiosa, asfissiante. Ti dico addio, che significa: fine. Non chiamarmi, non inviarmi lettere e messaggi, vai per la tua strada qualunque essa sia".

Claude chiuse gli occhi e spinse il tasto "invio" del suo cellulare. Provò un senso di liberazione, Laura non avrebbe potuto non capire le sue reali intenzioni.

Era finita!

Se avesse manifestato questi suoi pensieri nei confronti di Laura mesi addietro, avrebbe potuto pensare a come potesse stare, alle sue sensazioni, al dolore che lei poteva provare.

Allora non lo fece, pensò a se stesso, ebbe il coraggio di amarsi, si mise davanti agli altri, non si preoccupò di lei e del mondo che girava insieme a lui.

Per la prima volta non si afflisse di essere stato così insensibile e disumano, stava lottando per la sua vita, per il suo essere vivo e vero. Non voleva accettare sensazioni che non provava e agire in conseguenza della sua incapacità a rifiutarle.

Claude si sentiva svuotato, stanco, era come se dentro di sé si fosse svolta una dura battaglia fra due parti opposte e contrapposte della sua emotività.

Aveva prevalso la parte nuova, che era anche quella vecchia, quella innata, che era nata con lui, ma era stata annullata e rimossa dall'influenza e dall'importanza dei suoi genitori.

È vero, Claude si era approfittato di lei, aveva preso quello che aveva voluto, ma non era la sua sensualità o il suo erotismo ciò di cui si era appropriato, come invece lei credette ed evidenziò in quell'ultima lettera.

Si servì di lei attribuendole un ruolo sostitutivo della figura materna, e attuando inconsapevolmente una sorta di transfert con Laura.
Lei non capì questa cosa, nessuno poteva comprenderla, lui solo la percepì e la poté cogliere dopo alcune settimane dall'invio di quell'ultimo messaggio.
Claude disse e fece tutto ciò che non aveva potuto dire e fare nei confronti di sua madre. Rivelò il suo desiderio d'indipendenza e di autonomia, rifiutando il suo amore asfissiante ed egoistico.
Non sacrificò la propria libertà per attuare atteggiamenti e comportamenti onnipotenti, che sentiva di poter esercitare su Laura. Se avesse voluto, avrebbe potuto gestirla a suo piacimento, le avrebbe fatto fare tutto ciò che lui voleva.
E più fuggiva da lei e più era forte il suo potere su Laura, ma Claude non voleva vivere una dinamica relazionale fondata sullo scambio tra onnipotenza da un lato e condizionamenti, vincoli pressanti e assillanti dall'altro.
Lui rifiutò con coraggio e determinazione, senza rammarico e rimpianti, perché ciò che desiderava era essere libero da lei che stava dentro di lui in maniera sbagliata ed esasperata.
Prima di allora, Claude poté amare in base alle sue trepidazioni, eccitazioni da lui cercate e desiderate, solo tramite la pittura, solo il gesto pittorico gli aveva fin dalla sua infanzia permesso di amare liberamente, sottraendosi alle condizioni, ai vincoli, controlli, imposti dall'amata e alla paura che gli provocava il suo rivale più grande e più forte.
La relazione con Laura gli permise di sanare tutti quegli aspetti malati che si erano sviluppati e creati nei vari momenti di crescita della sua vita.
Dipingere non ebbe più la funzione di surrogare e sublimare l'atto d'amore, non aveva alcun bisogno di farlo.
Poteva amare senza l'obbligo di soddisfare desideri inconsci costrittivi e rifiutare l'amore imposto e, fino ad allora, accettato inconsciamente.

# L'ULTIMA LETTERA

Dopo quel messaggio spietato e brutale, Claude non ricevette più sue notizie. Quel suo gesto aveva indotto Laura a rinunciare definitivamente al pittore francese.

Lui non riusciva a credere che fosse davvero finita, era passato un mese da quando le aveva inviato quello scritto tanto sentito quanto liberatorio.

Claude aveva dimenticato, non pensava più all'esperienza vissuta a Roma, a Mario e a Laura. Era completamente rientrato nella solita vita parigina con i suoi problemi quotidiani, noiosa ma anche tanto rassicurante.

Erano alcuni giorni che non dormiva nella sua casa, si era trasferito da un suo amico pittore, per eseguire un quadro insieme.

Un esperimento stravagante e originale che portò alla realizzazione di un'opera irripetibile. Ognuno di loro si dedicò a una parte di quella realizzazione, con il proprio stile e le proprie caratteristiche pittoriche.

Trascorso il tempo necessario per la rappresentazione di quel quadro, rientrò a casa e trovò nella cassetta della posta chili di volantini pubblicitari, fatture da pagare, comunicazioni della banca e… una lettera.

Rimase sorpreso, provenienza Roma, era di Laura.

Non era servito a niente, tutto ciò che le aveva scritto non aveva fatto desistere Laura.

Voleva affrettarsi a leggere cosa ci fosse scritto. Era più breve rispetto alle altre.

"Ciao Claude, ti scrivo quest'ultima lettera, con la certezza che non mi sentirai mai più.

Io volevo una storia, qualcosa d'importante perché mi ero innamorata, avevo investito in un rapporto che forse esisteva solo per me. Tu mi avrai anche voluto bene, ma non era la stessa cosa, non hai mai provato dei sentimenti per me ma solo attrazione, curiosità, sesso… Non te ne faccio una colpa, sono io che devo imparare a distinguere quello che io desidero da ciò che desiderano gli altri. L'amarezza passerà, non provo rancore, solo tristezza, disillusione, ma penso anche che tu non voglia investire più sugli affetti perché la tua ferita è ancora aperta, capita a molti uomini, ti prego non diventare anche tu un cuore in inverno! L'amore resta l'unica partita sulla quale continuare a scommettere! Ora posso lasciarti andare. Ti invierò sempre messaggi di luce e di pace, sapendo, come dicono i buddisti, che se ci ritroveremo come amici saremo due persone diverse.

Ti chiedo, dopo aver letto questa lettera di non cercarmi,
perché non potrai trovarmi.
Io starò finalmente libera e felice in un luogo gioioso e
magico.
Con amore Laura."
Non aveva capito quello che provava Claude, i sentimenti e
le sensazioni che avevano provocato in lui quel forte
desiderio di manifestare se stesso e di liberarsi di lei.
Non aveva mai pensato che Claude non l'avesse potuta amare
perché lei era una persona che non poteva essere amata. Non
si era mai messa in discussione, non aveva mai riflettuto su
se stessa, sul suo modo di essere. Cercava disperatamente di
trovare in lui i motivi per cui non provò mai amore per lei.
C'erano i soliti lamenti, il rammarico per quello che non
era stato, e delle citazioni che non riuscì a interpretare e
che finirono quella lettera.
Non la doveva cercare, non l'avrebbe trovata Claude e poi
scrisse che sarebbe stata finalmente libera e felice in un
luogo gioioso.
Inizialmente non prestò particolare attenzione a quelle
affermazioni. Le rilesse però attentamente, e gli
provocarono incontrollabili turbamenti. Gli apparve
fantasticamente un'immagine in cui lei era raffigurata
leggera e candida, avvolta da nuvole bianche e con tanta
luce sul proprio viso. Poteva essere un orrendo
presentimento.
Che strane sensazioni stava avvertendo Claude.
Fu preso da un dubbio spaventoso e terribile, nella sua
mente s'insinuò la paura che Laura avesse potuto compiere un
gesto crudele e atroce nei propri confronti, il più brutale
e malvagio di tutti: potesse essersi uccisa.
Era la stessa apprensione che lo aveva preoccupato quando
era ripartito da Roma al termine della mostra.
In maniera frenetica prese il cellulare, compose il suo
numero, stava per fare partire quella chiamata, e invece si
bloccò in maniera repentina.
Perché avrebbe dovuto chiamarla pensò Claude. Lui non aveva
intenzione di farlo.
La loro relazione si era conclusa, quando le aveva scritto
quel messaggio di fine che per lui era definitivo e
indiscutibile.
Non la chiamò per cancellare i timori dal suo cuore, non
poteva fare niente per lei e non voleva fare niente.
Il dubbio si era trasformato in certezza, Claude sapeva che
sarebbe stata la conclusione più ovvia e prevedibile, perché
Laura aveva scelto di non vivere l'angoscia del nulla
interiore, accettando la sofferenza della fine fisica.

La morte rappresentò per lei l'inizio di una nuova vita
mistica e spirituale, in cui lei credeva fiduciosamente e
completamente.
Non avrebbe potuto fare altro, non ebbe il coraggio di
continuare a lottare e vivere, si aggrappò all'altra vita,
le permise di non morire dentro di sé, ma morì fisicamente
con l'illusione della felicità eterna.
Claude a quel pensiero provò dispiacere e dolore, ma non
voleva essere responsabile della sua esistenza, delle sue
scelte e soprattutto della sua morte.
Aveva imparato durante i suoi momenti di crisi, di dolore,
di disperazione, quando aveva tentato di ritrovarsi anzi di
trovarsi per la prima volta, che era solo lui responsabile
di se stesso e della propria vita e spettava a lui decidere
se viverla e come viverla.
Claude dopo quella lettera non ebbe più sue notizie, non
provò nostalgia e non pensò più a lei.
Non fece mai quella telefonata per sapere se lei avesse
realmente posto fine a quella sua vita consumata nella vana
ricerca di sé tramite gli altri.
Non suppose mai che potesse essere solo una sua convinzione
e non la realtà. Era davvero finita per Claude: Laura si era
suicidata.
Lei aveva scelto di andare, e lui non volle sentire il peso
e la responsabilità di quel gesto, non aveva sensi di colpa,
nessuno scrupolo si presentò nel suo cuore, era riuscito con
tanta sofferenza a diventare un vero pittore maledetto.

Titolo | L'amante del pittore
Autore | Paolo D'Ulisse

ISBN | 978-88-91188-47-2




Youcanprint Self-Publishing
Via Roma, 73 - 73039 Tricase (LE) - Italy
www.youcanprint.it
info@youcanprint.it
Facebook: facebook.com/youcanprint.it
Twitter: twitter.com/youcanprintit

Finito di stampare nel mese di Maggio 2015
Youcanprint *Self-Publishing*